publication PN°1
Bibliothek der Provinz

Anabel und Anabelle

Der unglaubliche Reisebericht
einer Ratte und einer Hausgans und
was sie auf ihrer Fahrt erlebten.

erzählt von Hermann Kienesberger nach einer wahren Begebenheit
mit Zeichnungen von Ana Obtresal

herausgegeben von Richard Pils

ISBN 3 85252 631 0
ISBN 978-3-85252-631-7

Verlag *publication PN°1* Bibliothek der Provinz
A-3970 Weitra 0 28 56 / 37 94
www.bibliothekderprovinz.at

printed in Austria by Druckerei Janetschek, A-3860 Heidenreichstein

Anabel + Anabelle

Der unglaubliche Reisebericht
einer Ratte und einer Hausgans und
was sie auf ihrer Fahrt erlebten.

1. KAPITEL

Anabel starrte wieder einmal Löcher in die Luft. Sie ähnelten den Löchern, die man oft im Käse findet, waren aber ein ordentliches Stück größer und auch tiefer. Es war überhaupt nichts los. »Ach, ist das Leben einer Landratte doch langweilig. Seeratte müsste man sein. Seeratten, ja die haben's gut«, seufzte sie. »Die Stürme aller sieben Ozeane fürchte ich weniger, als hier zu versauern. Da wird einem ja der Schwanz kringelig.«

Wieder nahte der Winter. Und Winter bedeutete trübe Aussichten. Vorräte waren zwar schon angelegt, eigentlich konnte der gemütliche Teil des Jahres beginnen, aber Anabel wusste doch, dass Vorräte bald ganz schön alt wurden und schließlich einfach nicht mehr schmeckten. Anabel liebte »Spezifitäten«. Und Spezifitäten waren in erster Linie eines: frisch und orange. Karotten, Marillen, natürlich Orangen, aber auch Kürbisse rangierten in der Spezifitätenskala ganz oben. Dann folgten gelbe Speisen wie Bananen und Mais und schließlich kam eine Farbe nach der anderen, die gegen Schluss hin immer dunkler wurden.

So sah Anabel also den finsteren Teil des Jahres kommen. Sie vermisste die Sonne. Ihre Mitratten konnten das nie und nimmer begreifen, manche mieden Anabel sogar deswegen, denn Ratten lieben die Nacht. Außerdem nahte wieder das große Dunkelfest. Alles war gut gelaunt und betriebsam, bastelte an Geschenken und fieberte den Feiertagen entgegen.

Also verzog Anabel sich in ihr erst jüngst entdecktes Versteck, vermied den lästigen Trubel und konzentrierte sich auf ihre Übungen. Seit vielen Monaten versuchte sie sich in Yoga. Ihr Vater hatte ihr oft von den heiligen Ratten Indiens erzählt, die, in sich selbst versunken und nach Erleuchtung suchend, oft bis zu einen halben Meter über dem Boden schweben konnten,

während sie mit allen vier Pfoten magische Kreise in die Luft
zeichneten. Anabel liebte zu
zeichnen und auch Erleuchtung konnte sie im Winter gut
gebrauchen.

So fing sie an, ihre Übungen
zu perfektionieren.

Bis sich schließlich eine weiche, schwere Stille auf ihr Haupt
senkte …

»He, du Ratte, was suchst du hier in meinem Nest?!« Anabel
schreckte auf. Es war keine schwere Stille, nein, ganz und gar
nicht, es war das dicke Hinterteil einer Hausgans, das sich breit
auf ihr niedergelassen hatte.

Und dieser Platz war auch kein gutes Versteck. »Was zum Teufel hast du hier in meinem Nest zu suchen?!«

»Äh, gestatten, Anabel«, versuchte Anabel sich entschuldigend vorzustellen, »bitte vielmals um Verzeihung, ich habe nicht gewusst, dass es sich hier um ihre Wohnung handelt.«
Die Miene der Gans hellte sich etwas auf. »Jajaja, schon gut, ist ja gut, aber ... woher kennst du eigentlich meinen Namen?«
Anabel erwiderte die Frage mit einem verständnislosen Blick.
»Woher du meinen Namen kennst, möchte ich wissen, warum weißt du, dass ich Anabelle heiße?«
Anabel ging ein Licht auf. Es war völlig klar: Diese Gans musste wohl genauso heißen wie sie.
»Gestatten, Madame Anabelle, Anabel mein Name.« Die Gans war verwirrt. »Was heißt hier Anabelle ... wenn du Anabelle bist, wer wäre dann ich?«
»Anabelle!«, sagte Anabel, »und ich bin Anabel!« Und Anabel streckte der Gans grinsend eine ihrer Pfoten entgegen.
Erschrocken starrte die Gans vor sich hin. »Ich habe einen Rattennamen«, murmelte sie, »einen Rattennamen, ich hatte immer einen Rattennamen und ich habe es bis heute nicht gewusst.«
»Ach so, und was wäre denn so schlecht an einem Rattennamen, hä?«
»Entschuldigen Sie vielmals Anabel, ich wollte Sie nicht beleidigen, ich bin wohl etwas verwirrt.«
Anabelle setzte sich nieder. »Nehmen Sie Platz, meine Liebe, mein Nest ist auch Ihr Nest. Aber erzählen Sie erst einmal, was verschlägt Sie eigentlich hierher?«
So begann Anabel zu erzählen, von sich, den anderen Ratten, vom Licht, vom Dunkelfest und schließlich von ihrer großen Sehnsucht, von der See.
Stunde um Stunde verging. Anabel redete und erklärte, sprach

und erzählte, bis – ja, bis die beiden merkten, dass sie einander eigentlich recht gut leiden konnten.

»Wir wollen Freunde werden«, sprach Anabelle, und die Ratte willigte erfreut ein: »Eine wunderbare Idee. Ja, wir wollen Freunde werden!«

2. KAPITEL

Anabel und Anabelle verbrachten eine aufregende Zeit. Sie erkundeten die entlegensten Winkel der Tenne, spielten selbst ausgedachte Spiele und tollten herum.

Doch bald schien Anabelle nicht mehr ganz die zu sein, die die Ratte kennen gelernt hatte.

Wo war die lebensfrohe, lustige Hausgans geblieben und warum zog sich Anabelle immer mehr von ihr zurück? Anabel dachte zuerst an eine vorübergehende Verstimmung, doch ein tiefer Schatten schien zwischen die beiden gefallen zu sein.

Schließlich fasste sich die Ratte ein Herz: »Du bist nicht mehr die Alte, Anabelle, sag, was ist mit dir los?« »Du kannst das nicht verstehen, du bist ja eine Ratte.« Dicke Tränentropfen rollten über ihren Schnabel. »Weißt du, ihr Ratten seid für Menschen nicht nützlich. Des-

halb trachten die Menschen nach eurem Leben. Uns aber geben sie zu essen, sie behandeln uns gut und geben uns ein Dach über dem Kopf. Doch irgendwann im Winter, und die Zeit steht mir knapp bevor, kommt die Abrechnung für dieses bequeme und schöne Leben.«

»Was heißt das, Abrechnung?« Anabel war irritiert.

»Sie kommen, um uns zu holen. Gerade, wenn wir schön rund sind, also wenn wir in der Blüte unseres...« »Aber warum holen sie euch? Was haben die Menschen mit euch vor?« Anabel konnte der Gans nicht folgen. »Weißt du, sie essen uns. Sie haben ein großes, grausames Fest. Sie nennen es Weihnachten.« Anabel verstand. Weihnachten musste furchtbar sein.

»Wir müssen fliehen. Wir gehen zur See!« Anabel war plötzlich furchtbar aufgeregt. »Lass uns zum Meer gehen und auf einem Schiff anheuern!«

»Halt, nicht so schnell. Wir können nicht fliehen.« Die arme Gans fühlte sich hin und hergerissen. »Ich bin eine Hausgans, verstehst du? Ich war noch nie weit von der Scheune entfernt.« »Papperlapapp«, sagte Anabel, »wir schmieden einen Plan. Und was die Hausgans angeht: Sehe ich vielleicht aus wie eine Seeratte? Und ich sage dir eines, meine  Liebe. Ich bin eine Seeratte. Denn eine sehnsüchtige Landratte ist immer eine Seeratte. Du wirst eine gute Seegans abgeben. Und jetzt zu den Vorbereitungen. Wir haben keine Zeit zu verlieren.«

So packten Anabel und Anabelle ihre sieben Sachen und gingen früh zu Bett. Morgen sollte ein anstrengender Tag werden. Noch vor dem ersten Hahnenschrei wachte Anabel auf. Anabelle lag längst mit offenen Augen neben ihr. »Morgen…« Anabel rieb sich die Augen. »… hatten wir für heute nicht etwas vor?« Sie wälzte sich einmal nach rechts, dann nach links und stieß dabei mit der Nase an Anabelles gepacktem Beutel. Natürlich hatten sie heute etwas vor.

»Sollen wir uns nicht doch noch von unseren Verwandten verabschieden?« Anabelle ging das alles viel zu schnell. »Ich meine, wir werden sie doch vielleicht nie mehr sehen?«

»Wenn du meinst, wenn du wirklich musst, bitte…«, drängte Anabel. »Aber mach es kurz und ohne Aufregung. Wir können jetzt keinen Aufruhr gebrauchen.«

Anabelle schlich zu ihren Verwandten, aber sie schliefen noch alle. Leise drückte sie jedem einen Kuss auf die Stirn. Danach fuhr sie mit dem Flügel über ihre feuchten Augen und wandte sich um.

»Anabelle!«, rief leise eine Stimme. »Was machst du jetzt, um diese Zeit. Wo gehst du hin?« Es war ihr kleiner Bruder Erik. Schnell war Anabelle an seinem Nest. »Ich gehe fort, Erik. Ich verlasse die Scheune. Du weißt ja, Weihnachten naht. Ich gehe zur See.« Erik sah ihr tief in die Augen. »Du gehst … für immer?«

»Es sieht so aus, Erik. Aber ich schicke dir eine Nachricht, sobald ich kann. Und vielleicht kannst du ja nächstes Jahr nachkommen. Lass die anderen schön von mir grüßen. Aber nicht sofort. Ich will erst in aller Stille verschwinden. »Allein?« »Nein, Anabel kommt mit. Du weißt schon, meine Freundin, die Ratte.«

»Leb wohl Anabelle!«, flüsterte Erik.

»Du hörst von mir, Erik!« Anabelle verschwand. Erik lag noch lange still, bis die anderen aufwachten.

Anabel war inzwischen schon ungeduldig geworden. »Wir müssen jetzt aber wirklich…! Lass uns gehen.«

Der Plan war der folgende: Sobald der Bauer morgens die Scheune öffnen würde, um seinen Pflug herauszuholen, wollten die beiden rausstürmen.

Kaum waren sie beim großen Tor angelangt, begann es auch schon zu knarren. Es öffnete sich einen Spalt, und die beiden konnten schon die schweren Arbeitsstiefel sehen. Noch ein Stück, und Anabel zischte nach draußen, direkt zwischen den Beinen des Bauern hindurch. Erschrocken sprang der zur Seite und diesen Augenblick nützte die etwas langsamere Gans, um ebenfalls ins Freie zu gelangen.

»Bleib stehen!«, rief der Bauer der Gans noch nach, aber längst war Anabelle über den trennenden Zaun geflattert.

Der Bauer blickte ihr nach. »Die wäre ein schöner Festtagsbraten geworden«, murmelte er. Aber das konnte Anabelle längst nicht mehr hören.

3. KAPITEL

Die Sonne schien und es war ein wunderbarer Herbsttag. Die Blätter rieselten leise zu Boden und über Anabel und Anabelle öffnete sich ein weiter hellblauer Himmel. Die beiden gelangten zu einem Bach. Es musste schon fast Mittag geworden sein. »Jetzt hab ich aber Kohldampf«, brach Anabelle das Schweigen. »Hier ist der ideale Platz für eine leckere Jause.«
Sie breiteten ihre Decke aus, sammelten Nüsse von einem Strauch und ließen sich nieder. »Ich habe Mais mitgebracht. Und für eine jede von uns eine Karotte!« Neben dem rauschenden Bächlein ließen sich die beiden das köstliche Mahl schmecken.

Schließlich ruhten sie sich aus. »Du, Anabel«, fing die Hausgans wieder an, »wo ist es eigentlich, das Meer?«

Der Ratte fuhr der Schreck durch die Glieder. Auf keinen Fall konnte sie jetzt zugeben, dass sie sich das selbst nicht eine Minute überlegt hatte.

»Nun ja, im Süden«, erwiderte sie zögernd. Und plötzlich hatte sie auch eine Idee. »Wir müssen immer dem Bach nach. Denn der mündet in einen Fluss. Und alle Flüsse münden ins Meer.«

Das hatte jedenfalls Anabels Großvater erzählt.

»Wir müssen uns ein Floß bauen. Hilf mir, Holz zu sammeln, wir binden die Äste mit einer Weidengerte zusammen.«

Schnell hatten sie schöne gerade Äste beisammen, die sich hervorragend eigneten. Eine Weidengerte fanden sie nicht.

»Hier, eine Liane tut's doch auch, oder?« Anabelle zerrte ein Stück davon aus dem Wald.

»So, damit müssten wir es schaffen.«

So war es auch. Ein fabelhaftes Wasserfahrzeug lag vor ihnen.

»Lassen wir es wassern!«, rief Anabelle, schubste das Floß in die Fluten und selbst die Ratte – und Ratten sind flink – hatte Schwierigkeiten, es noch zu erwischen.

Es war eine bewegte Reise. Manchmal spritzte die Gischt ganz schön hoch, aber sie behielten alles unter Kontrolle. Tief gebeugte Bäume säumten das Ufer, mit goldgelben Blättern beladen, und die Spitzen ihrer Äste neigten sich zum sprudelnden Wasser. Da waren noch die vollen, von der langen Hitze getrockneten Graspolster, aber man spürte doch, dieser Sommer war längst vorbei und es war einer der letzten Tage des Jahres, deren man sich im Freien erfreuen konnte. So glitten sie den Fluss entlang, da und dort zog am Ufer ein Bauerngehöft vorbei oder eine Schar schnatternder Gänse, zu weit entfernt allerdings und zu schnell, als dass Anabelle ihnen zurufen hätte können. Das Leben lag vor ihnen, sie waren zu jedem Abenteuer bereit.

»Indien muss herrlich sein.« Anabel streckte sich. »Weißt du, heilig wäre ich gern. Du sitzt da, tust nichts, denkst bloß ein bisschen nach, und die Menschen erweisen dir ihre Ehrerbietung.« Anabel träumte. »Man ist einfach weit weg von allem und doch irgendwie ganz nah, wenn du verstehst was ich meine…« Anabelle verstand nicht. Die Wellen wurden höher und sie war vollauf damit beschäftigt, das Floß zu steuern.

Plötzlich schnatterte die Gans auf. Anabel erschrak. »Was ist los, Anabelle, haben wir ein Problem?«
Sie hatten eines. Der Fluss verzweigte sich direkt vor ihnen und sie waren geradewegs dabei, auf das riesige Rad einer alten Korn-mühle zuzusteuern. »Anabelle! Pass auf!! Eine Müh-le!!!«
Zu schnell waren sie in den Sog des Kanals gezogen worden und sie verfingen sich an einem schweren, hölzernen Schaufelrad.

Schleppend wurden sie hochgezogen und ein schweres Klopfen dröhnte in ihren Ohren. Immer höher wurden sie hinaufgehoben, und dann, ganz oben angelangt, breitete sich das Land vor ihnen aus.

Es ging wieder runter und mit einem Guss landeten sie im Bach. Die Ratte schoss erschrocken an Land. Anabelle planschte vergnügt im Wasser.

»Na, du Seeratte!«, rief sie Anabel nach. »Wenn du schon kein Bad nehmen willst, suchen wir erst mal eine ordentliche Bleibe!« Die Gans hatte Recht. Das Floß war zerstört und der Tag neigte sich sowieso dem Ende zu. Und diese Mühle schien ja keine schlechte Unterkunft zu sein. Anabelle fischte nach dem Reisebeutel und zog das triefende Bündel ans Ufer.

»Verloren haben wir nichts, wir haben gut gepackt. Aber wir werden alles ordentlich trocknen müssen. Wir sollten einen passenden Platz auskundschaften.«

»Wird gemacht«, sprach Anabel und verzog sich, nachdem sie sich forschend umgeblickt hatte, in Richtung Mühle. Ein Schuppen war da angebaut, der schien ihr ganz passabel. Bei einer herausgebrochenen Planke schlüpfte sie hinein.

Es war recht düster, Getreidestaub lag in der Luft, und mühsam bahnten sich durch einige Astlöcher schwache Lichtkegel ihren Weg. »Ein bisschen stickig, aber recht heimelig«, murmelte die Ratte für sich. »Für eine Nacht ganz in Ordnung.«

Zurückgekommen traf sie Anabelle an, die sich, an einen Baum gelehnt, am Sonnenuntergang erfreute. Um nicht zu stören, wartete Anabel so lange, bis die Sonne völlig hinter dem Horizont verschwand. Dann verbeugte sie sich mit einer weit ausholenden Geste vor der Gans. »Meine Liebe, die Unterkunft ist vorbereitet.« »Exzellent, meine Teure«, kicherte die Gans und eng umschlungen machten sich die beiden auf den Weg zu ihrer Bleibe.

»Etwas Sonnigeres gab's nicht?« Anabelle starrte in den dämmrigen Schuppen.

»Es ist fast Nacht, Anabelle«, erwiderte die Ratte ungehalten, »aber du wirst schon sehen, wir werden hier hervorragend ruhen.«

Im letzten Lichtrest breiteten sie ihre Vorräte aus, dann rollten sie sich ins Stroh. Es dauerte nur einen halben Augenblick, dann fielen beide in einen ruhigen und tiefen Schlaf.

4. KAPITEL

Sonnenstrahlen blinzelten durch die Ritzen der Wände, als Anabelle erwachte. Flugs stand sie auf und sah nach Anabel. Die war nicht zu sehen. Die Mühle klapperte draußen, es war kühl. Anabelle fröstelte.

»Wir sollten bald Richtung Süden aufbrechen«, ging es der Gans durch den Kopf. »Der Winter bricht bald herein, und wer weiß, ob wir immer ein so kuscheliges Quartier finden?«

Irgendwie war Anabels Plan, immer dem Wasserlauf zu folgen, ja eine gute Idee. Aber wohin sollte dieser Weg bloß führen? Wollte die Ratte wirklich nach Indien? Und was um Gottes willen hatte eine Hausgans dort verloren?

Bald stand Anabelle versonnen im Freien und blickte nach der kraftlos und fahl gewordenen Sonne. Sie hatte dabei keineswegs ein besonders angenehmes Gefühl, denn vor ihr lag nicht nur eine kalte Jahreszeit, nein, schlimmer war noch, dass der Weg, der vor ihnen lag, mehr als nur ungewiss war. Eines war klar: so schnell würden sie es wohl nicht schaffen, auf ein Schiff zu gelangen, und selbst dann konnte Anabelle nicht vorhersehen, wie ein Abenteuer wie das ihre ausgehen sollte.

Hinter ihr vernahm sie ein Räuspern, ein Räuspern, das durchaus das einer Ratte sein konnte.

»Bist ein bisschen nachdenklich, was?« Anabelle wandte sich um. »Oh, Anabel!«, entfuhr es ihr, eine Spur zu schnell. »Ja,

nachdenklich, Anabel, nachdenklich bin ich schon ein bisschen. Weißt du, ich weiß schon, dass wir weg mussten, aber
irgendwie hab ich mir das anders vorgestellt. Ich will ja keine
großen Heldenabenteuer erleben oder so, nur, dass wir so gar
nicht wissen, wie's weitergeht...«
»He, alte Gans, bei Fell und Schwanz versprech ich dir: ver-
traue mir! Es kommt die Zeit, da steht bereit, was wir jetzt gern
hätten: nämlich Spezifitäten!« Die Ratte überschlug sich und
kicherte.

Anabelle zweifelte am gesunden Rattenverstand ihrer Freun-
din, beschloss aber nicht mehr weiterzugrübeln und schloss die
Übermütige in ihre Flügel. »Gefällt mir gut, dein Übermut!
Hast Recht, Liebe, alles, was wir jetzt auf keinen Fall brauchen,

ist Trübsalblaserei. Aber abgesehen davon: wir müssen uns etwas einfallen lassen. Du merkst selber, es wird bald kalt.«
Eisblau breitete sich der Himmel über ihnen aus. Über Nacht hatte das Jahr einen kräftigen Schritt vorwärts gemacht.
Jetzt hatten sie ans Nächste zu denken: Sie mussten so schnell wie möglich in den Süden.
Nachdem sie ihr Bündel wieder geschnürt hatten, machten sie sich auf. Sie schlugen den Weg ein, der am Bach entlangführte. Bald aber wurde das Rauschen des Bächleins leiser, die Straße bog ab.
»Der Weg führt vom Wasser weg, Anabel, und wir können nicht am Ufer entlangklettern. Es ist zu dicht bewachsen, als dass wir auch nur einigermaßen vorankommen könnten.«
»Der Weg ist doch gut, Anabelle! Alle Wege führen in den Süden!« Anabelle beschlich ein leiser Zweifel. Ob sie mit ihrer morgendlichen Rattenverstand-Diagnose vielleicht doch Recht gehabt haben konnte?
So wanderten sie dahin auf der steinigen Landstraße, zwischen braunen Äckern hindurch, vorbei an kleinen Wäldchen und sprachen nicht viel. Manchmal pfiff Anabel ein wenig vor sich hin, merkte aber bald, dass der Gans nicht so sehr nach einem Liedchen zumute war, und ließ es dann auch wieder bleiben. So kamen sie schließlich in die Nähe eines kleinen Dörfchens. Hier stand, gleich neben der Straße, ein recht grob zusammen-gezimmerter Tisch, bestehend aus vier in den Boden gerammten Pfählen und darüber einem ungehobelten Brett. Darauf standen einige große, silberglänzende Kannen, solche, wie sie Bauern verwenden, um ihre Milch in die weiter entfernten Molkereien bringen zu lassen.
»Siehst du auch, was ich sehe?« Anabel knuffte die Gans leicht in die Seite. »Frühstück, oh ja! Wird aber auch langsam Zeit. Ein gute Schale Milch wird uns jetzt ganz gut bekommen!«

Schnell waren die beiden auf den Holztisch geklettert und untersuchten die Kannen, um einen Zugang zum köstlichen Inhalt zu finden. Die aber waren fest verschlossen. Die Ratte klammerte sich an eine der Milchkannen und rüttelte wie wild an ihrem Verschluss. »Vergiss es, Anabel, da ist nichts zu machen!«, rief die Gans ihr zu.

In diesem Augenblick taumelte der Behälter, kippte und stürzte mit einem schweren Rumpeln zu Boden. Anabel war mitgerissen worden und kullerte über die Wiese. Beim Aufprall hatte sich der Kannendeckel gelöst und wohlriechende frische Milch strömte auf das Gras.

Sofort vergaßen beide den Schrecken und waren an der süßen Quelle, um sich ordentlich sattzuschlürfen.

Die übrige ausgegossene Milch versickerte langsam im Boden. Anabelle blickte darauf. »Schade drum, eigentlich«, seufzte sie. Satt und zufrieden lehnten sie an der Kanne und einigten sich im Stillen, eine kleine Pause einzulegen. Kaum aber waren die beiden Freundinnen eingedöst, ließ sie ein lautes Knattern auffahren.

»Ojemine, schau, der Milchwagen, Anabel! Sie kommen, um die Kannen einzusammeln! Schnell, wir müssen uns verstecken!« Die Gans blickte nach links, dann nach rechts, und schließlich krabbelte sie hastig in die offene Milchkanne. Nach kurzem Zögern schnellte auch die Ratte nach. »Ein feines Versteck hast du uns da ausgesucht, Anabelle. So sicher waren wir noch nie.
Naja, jedenfalls werden wir hier her-
innen nicht so schnell verhun-
gern.«
Die Ratte hatte noch nicht
ausgesprochen, da hörten sie
auch schon die Stimmen der
Milchmänner.
»Hier liegt auch noch eine,
Ferdinand, die muss hin-
untergefallen sein.« Mit diesen Worten schnappte der
schwere Metalldeckel ein,
es wurde rabenschwarz und
ein Rüttler verkündete ihnen, dass sie auf den Wagen
gehievt wurden.
»Wenn das nur gutgeht«,
murmelte die Gans, »wenn
das bloß nur gutgeht.«

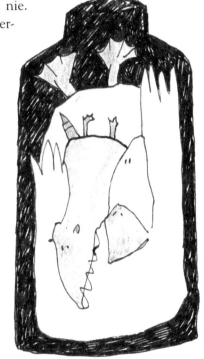

29

5. KAPITEL

Mit klebrigen Füßen standen sie in der Milch. Es war so rabenschwarz in ihrer Kanne, dass sie weder Pfoten noch Flügel vor ihren Augen sehen konnten.

Die Fahrt war unruhig. Immer wieder schepperten die Blechkannen gegeneinander und ein bedrohliches Schwappen gluckste neben ihnen. Man konnte keinesfalls feststellen, wohin die Fahrt ging, mal ging es aufwärts, mal abwärts, mal schien die Straße kurvig zu sein, und dann wiederum ging es geradeaus. Dazwischen stoppten sie immer wieder, weil neue Milchkannen aufgeladen wurden. Den beiden war zu bang zumute, um allzu viel zu sprechen. Schließlich konnte das ja auch nicht ewig dauern. Irgendwann wären sie am Ziel, wahrscheinlich an einer der üblichen Milchsammelstellen der Molkereien, und dann würden sie schon weitersehen. So ratterten sie Stunden durch die Gegend.

Mit einem Quietschen hielt der Wagen an und die Seitenwand wurde geöffnet. Anabel und Anabelle ahnten, dass sie am Ziel angelangt waren, denn Kanne für Kanne wurde von den Männern runtergehoben. So waren schließlich auch sie dran, stießen am Boden an die Nachbarkanne, dann kam der Rest der Fuhre an die Reihe. Sie warteten, bis das Schnaufen und Gerede der Menschen verstummt war, und nach einer zusätzlichen Sicherheitspause machten sie sich daran, den – zum Glück nur lose verschraubten – Deckel zu öffnen.

Anabel schlüpfte nach draußen. Es war schon wieder dunkel geworden und sie konnten beim besten Willen nicht erkennen, wo sie gelandet waren. Es schien eine Halle zu sein, denn weder war ein Luftzug zu spüren, noch konnten sie Sterne am Himmel feststellen. »Hast du eine Idee, wo wir sind?«, hollerte Anabelle noch aus der Kanne.

»In einer Schokoladefabrik. Willkommen, meine Freunde. Mit
wem habe ich die Ehre?« Das war nicht Anabels Stimme, nein,
so rattenhaft sie auch klang. »Wer ist da?«, fiel Anabel ein.
»Frederik, gestatten, Frederik der Weltenbummler, Frederik
von den sieben Meeren oder einfach Fred. Manche nennen
mich auch einfach Rik oder Rikkie, je nachdem wo ich gerade
bin und mit wem ich es zu tun habe. Aber das habe ich nicht
gefragt, wer ich bin, das weiß ich schon selbst. Die Frage ist
vielmehr: wer seid ihr und was verschafft mir das Vergnügen?«
Sie sahen sich einer Ratte gegenüber, mit blauem Seemanns-
pullover, einer Seefahrermütze, und es schien noch dazu eine
freundliche zu sein. Anabel stellte sich und ihre Freundin vor
und erzählte in groben Zügen von ihren letzten Erlebnissen.
Wenngleich ihr Bericht auch nicht allzu ausführlich war, schien
die Ratte Frederik doch soweit zufrieden gestellt zu sein.

»Ihr habt mir nicht alles gesagt, aber was ihr sagt, genügt mir. Setzen wir uns doch erst einmal ein Weilchen.« Frederik kramte in seinem Beutel, zog frischen Tabak heraus und stopfte sich ein neues Pfeifchen. »Es ist ja an sich nicht unbedenklich, an Plätzen wie diesen zu rauchen, ihr wisst ja, man macht sich so leicht bemerkbar, aber genehmigen wir uns halt einmal eine Ausnahme. Wann trifft man schon zu solcher Stunde auf Gesellschaft?« Die Ratte schien vergnügt. »Ihr wollt doch sicher genauer wissen, wo ihr euch hier befindet?«, fuhr Frederik fort. »Nun ja, das wäre uns schon ein Anliegen«, erwiderte Anabel. »Könntet Ihr uns mehr dazu erzählen?«

Ratten können mehr erzählen, sie können das immer, überall und zu allem. Es wurde eine lange Geschichte.

Frederik erzählte ihnen von der Schokoladenfabrik, in der sie gelandet waren, und wie er hierher gekommen war. Er war ein Weltenbummler, kam mit einer Kiste Kakaobohnen aus Afrika und wollte weiter nach Südamerika. Frederik war eine Seeratte, und zwar eine richtige Seeratte. Er war in den entlegensten Winkeln der Welt gewesen, kannte alles und jedes und war mit den eigenartigsten Sitten und Bräuchen vertraut. Schließlich kam Frederik zum Ende.

Diese Wanderratte hatte – wie viele von ihrem Schlag – ein ausgeklügeltes Reisesystem. Es bestand darin, die Handelswege der Menschen für ihre Routenplanung zu benützen. Auf diese Art ließ es sich hervorragend kreuz und quer durch die Welt reisen. Und, wie sich herausstellte, war Frederik auch nicht zum ersten Mal hier. »Ich liebe diesen Platz. Erstens gibt es hier jede Menge zum Naschen. Und zweitens kommt man von hier überallhin.«

Das hörten die beiden Freundinnen gern. »Überallhin?«, fragte Anabelle. »Auch zum Meer?«, setzte Anabel nach. »Darüber würden wir gerne Genaueres erfahren!«

»Aber natürlich! Ihr müsst wissen, das hier ist nicht irgendeine Schokoladefabrik. Hier werden Schokoosterhasen hergestellt, und zwar die besten, die man überhaupt nur bekommen kann.« Frederik kramte einen angenagten Schokohasen aus einer der vielen Kisten hervor. »Probiert mal! Davon gibt's hier jede Menge!«

Anabel nahm ein ordentliches Stück. »Ich muss schon sagen, sieht zwar nicht gut aus, ist aber gar nicht übel!« Sie schnalzte mit der Zunge. »Probier mal, Anabelle!« Doch die Hausgans weigerte sich.

Erstens war die Schokolade dunkelbraun und handelte sich damit ein unkorrigierbares Spezifitätenskala-Minus ein. Und zweitens war der Guten eine gute, knackige Karotte sowieso tausendmal lieber.

»Jaja, meine Liebe, hier sind sie am frischsten«, Frederik legte ein Vorderbein um Anabels Schultern, »aber das scheint unsere Freundin nicht zu beeindrucken. Jedenfalls sind die Menschen, besonders die jungen, auf der ganzen Welt völlig verrückt nach dem Zeugs. Und darum wird schon jetzt fleißig produziert. Die Lieferungen nach China und Indien gehen angeblich schon Anfang kommender Woche weg.«

»Das heißt, man kann hinfahren, wo man nur will?«, fragte Anabel nach. »So könnte man das durchaus sagen…« Frederik zog an seiner Pfeife und ließ einen großen, kreisrunden Rauchring aufsteigen, durch den er flugs noch einen kleinen blies.

»Komm mit uns nach Indien, Frederik!« Anabelle war aufgeregt. »Wir haben sicher mächtig viel Spaß dort!«

»Nein, ich habe meinen Reise schon geplant. Ich muss nach Südamerika, wie ich schon sagte. Mein Vetter Gromit lebt dort auf einer Farm und er erwartet mich schon seit dem letzten Sommer. Er hat geheiratet und will mir seine Familie vorstellen. Da führt kein Weg daran vorbei. Aber wir sind ohnehin noch ein paar Tage hier. Und wie mir scheint, sollte ich euch ja auch noch ein paar nützliche Informationen über das Reisen geben. Ich kann euch doch nicht so in die weite Welt schicken.«

6. KAPITEL

Anabel und Anabelle hatten einen Glückstreffer gelandet. Nicht nur, dass sie in dieser Fabrik einen fabelhaften Ausgangspunkt gefunden hatten, ihnen war überdies mit Frederik auch noch eine erfahrene Seeratte begegnet, die ihnen viele gefährliche Situationen zu ersparen schien. Frederik unterwies sie, wie sie eine Transportkiste zum komfortablen Reisezimmer ausbauen konnten, erklärte ihnen alles über die Proviantbeschaffung und Lagerung, lernte ihnen das Nötigste über die Orientierung mit Hilfe der Sterne, brachte ihnen bei, worauf in Häfen und Bahnhöfen zu achten war und vieles mehr. Und zusätzlich gab er ihnen eine Reihe von Adressen seiner über die ganze Welt verstreuten Freunde, an die sie sich wenden konnten, wann immer sie etwas bräuchten.

So fühlten sich die Freundinnen gegen alle Gefahren gewappnet und sahen dem Tag ihrer Abreise gespannt entgegen. Und eine Abreise war es ja wohl, denn sobald sie mit ihrer Kiste verfrachtet sein würden, war an eine Umkehr nicht mehr zu denken. Die Kiste, die sie sich während ihres Aufenthaltes ein-

gerichtet hatten, war übrigens schön komfortabel ausgefallen.
Mit Decken, die sich in der Lagerhalle gefunden hatten, waren
zwei kuschelige Betten bereitet, und eine kleine feste Karton-
schachtel diente als Tisch. Oben am Deckel sorgte ein Spalt für
ausreichend Tageslicht und Astlöcher an allen vier Wänden
ließen den Ausblick in jede Richtung zu. Am Boden hatten sie
etwas Streu verteilt. »Ist doch wohnlicher als der nackte Bretter-
boden«, war Anabelle überzeugt.
Sie konnten jetzt auch schon in ihrer Kiste schlafen. Die beiden
hatten es wirklich gemütlich. Dann und wann schaute Frederik
vorbei, um nach dem Rechten zu sehen, wie er es nannte. In
Wirklichkeit suchte er natürlich Gesellschaft und er war auch
immer höchst willkommen.
So brach schließlich der Tag der Abreise an. Nachdem sie fast
gleichzeitig – und viel zu früh – aufgewacht waren, lugte Anabelle aus der Kiste. »Weißt du, Anabel«, raunte sie der Ratte zu,
»irgendwie ist es, als ob wir überhaupt erst heute wegfahren

würden.« Auch Anabel hatte das gleiche mulmige Gefühl. Ab heute waren sie »auf der Reise«, wenn man so sagen wollte. Jetzt ging es auf in die Ferne und sie hatten keinen blassen Schimmer, was ihnen überhaupt bevorstehen würde.

Frederik kam angeschlendert, sein Pfeifchen im Mund und die Pfoten hinter dem Rücken verschränkt. »Ich sehe, ihr seid schon wach. Heute ist euer großer Tag – erzählt mir bloß nicht, ihr wäret nicht gespannt wie die Flitzebogen!« Frederik lachte. »Ja, beim ersten Mal ist es am schönsten. Wenngleich man das erst hinterher versteht. Aber im Ernst, ihr solltet auf der Hut sein. In einer halben Stunde beginnt der Arbeitstag, ihr könntet dann jederzeit verladen werden. Außerdem dachte ich, es wäre an der Zeit, mich von euch zu verabschieden. Ich bleibe ja noch bis morgen. Dann geht auch für mich die Post ab.«

Die beiden sahen Frederik an und mussten sich ganz schön zusammennehmen, um nicht loszuheulen. »Nanana«, meinte Frederik, »jetzt nur nicht rührselig werden, das ist wirklich nicht die Zeit dazu. Ihr habt jetzt an anderes zu denken. Aber ich muss euch schon sagen: Ich hatte wirklich meine Freude mit euch. Und ich bin sicher, dass ihr es gut machen werdet. Im Übrigen glaube ich auch, dass wir uns wieder einmal treffen. Ich jedenfalls freu mich schon darauf.« Und er streckte den beiden seine Pfoten entgegen. Anabel ergriff seine rechte Pfote mit ihren beiden und Anabelle legte ihre Flügel um seine linke.

»Wir werden dich vermissen«, brach es aus Anabelle heraus. »Ja, und vielen Dank für alles, was du uns beigebracht hast«, setzte Anabel nach. »Schon gut, eine schöne Reise jedenfalls.« Frederik versuchte zu grinsen. »Macht's gut!« »Du auch!«, erwiderten die beiden gleichzeitig. »Wir sehen uns!« »Ja, wir sehen uns«, sagte Frederik, zog an der Pfeife, wandte sich um und schickte sich an zu gehen. Anabel und Anabelle sahen ihrem Freund nach, eine ganze Weile länger, als er eigentlich zu sehen war.

Zu erledigen hatten sie jetzt nichts mehr und die verbleibende Zeit wurde lang. Anabelle zählte die Sekunden. Bei zweitausendneunhundertundsiebzehn angelangt, fing sie ihr Spiel zu langweilen an und so zählte sie einfach wieder zurück zum Anfang. Die Zeit kümmerte sich nicht darum: sie eilte in die gleiche Richtung weiter. Bald war eine ganze Stunde vergangen.

Anabel war inzwischen in Yoga-Übungen vertieft. Ihre neueste bestand darin, auf der Nasenspitze zu balancieren und dabei alle viere von sich zu strecken. So konnte sie es schon recht lange aushalten, gab keinen Ton von sich und rührte sich keinen Millimeter, abgesehen vielleicht davon, dass sie dann und wann ihren Schwanz ruckartig in die eine oder andere Richtung abwinkelte, um nicht umzufallen.

Plötzlich hörten sie ein Geräusch und die große Rollwand auf der Vorderseite der Halle wurde hochgezogen. Die Sonne brach hell herein und die beiden zogen den Deckel über sich zu. »So, jetzt geht's aber wirklich los«, murmelte Anabel und bald wurden sie, genau wie jede andere Kiste auch, auf einen großen Lastwagen gehoben. »Ab nach Indien.«

7. KAPITEL

Es war eine angenehme Fahrt. Anders als der Milchwagen glitt dieser Lastwagen ruhig und zügig dahin. Die beiden plauderten und faulenzten, hingen ihren Gedanken und Träumen nach und malten sich bereits die fremden Länder aus, in die sie bald gelangen würden. Viele Stunden vergingen, bis das Tempo sich plötzlich änderte und der Wagen von der großen Straße, auf der sie sich befanden, abbog. Sie gelangten in ein großes Hafengelände, voll mit Containern, diese wiederum vollgefüllt mit Waren, die von hier in alle Welt geliefert werden sollten.

Große Kräne standen da, Lagerhallen, und überall herrschte hektisches Treiben. Es dauerte nicht lange, da wurden auch sie an eine der Verladestationen gefahren und ehe sie sich versahen, hob sie auch schon der Kran hoch.

Gefährlich weit oben schaukelte ihre Kiste in der Luft, dann schwenkte der riesige Hebearm in einem weiten Bogen, und endlich wurden sie wieder runtergelassen, behände, aber vorsichtig.

Mit einem sanften Stoß setzten sie auf. Anabel und Anabelle konnten nicht einmal kurz durchatmen, schon packten Männer ihre Kiste und trugen sie zum anderen Frachtgut. Sie hatten das Glück, ganz nach oben gestellt zu werden. So würden sie, wenn sie ihren »Törn«, wie Anabel schon ganz seerättisch bemerkte – und sie meinte mit »Törn« ganz einfach Schiffsreise –, wenn sie also ihren »Törn« angetreten haben würden, ihre Kiste verlassen können und sich frei auf dem Schiff bewegen, das Meer beobachten, den Ozean oder »die See«. Es war jetzt wieder stiller geworden, die Männer schienen entfernter zu sein, und so begannen sie, die Geräuschkulisse um sich zu bemerken. Helle Schreie von Möwen gellten über ihnen, das Rauschen und Schwappen der Wogen drang zu ihnen, Fässer wurden gerollt, Kisten gehoben, Container verladen. Dazwischen brüllten die kräftigen Stimmen der Hafenvorarbeiter, die die Hafenarbeiter anwiesen, wie sie was wohin zu verladen hätten. Anabel und Anabelle konnten schon den salzigen Geruch des Meeres wahrnehmen, mit seinem modrigen Beigeschmack nach an Land gespülten Muscheln und anderem Meeresgetier. Eine unbekannte wonnige Freude stieg in ihnen hoch. »Du, ich glaub ich hab Abenteuerlust!«, ließ sich Anabelle vernehmen. »Da scheinst du mir nicht allein zu sein, meine Gute!«, erwiderte die Ratte keck.

Die Männer hatten sich verzogen, der Tag ging zu Ende. »Nur noch ein bisschen, dann können wir ans Deck«, raunte die Ratte. Bald danach hoben sie leicht den Deckel ihres Etablissements. Anabel spähte nach links, nach rechts, nichts war zu sehen. Obwohl die Nacht noch nicht hereingebrochen war, schienen die Hafenarbeiter das Schiff bereits verlassen zu haben. »Komm mit, Anabelle, wir gehen nach oben.« Schnell war die Gans nachgeklettert, stellte sich auf den Kistenrand und reckte tüchtig ihren Hals. Mit einem kurzen Blick nach unten flatterte sie zu Boden. Anabel war schon die Stahlleiter hinaufgeflitzt. Eilig mühte sich die Hausgans, nachzukommen.

Als Anabelle schließlich ächzend oben angelangt war, lehnte die Ratte schon an der Reling. Ein feurigrotes Leuchten loderte am Himmel und die Sonne schickte sich eben an, im Meer zu versinken. Die Wellen spielten mit den Wasservögeln, die sich auf ihren Rücken tummelten und ein glänzendes Wirrwarr aus Farben und ineinander fließenden Formen bezauberte Anabels und Anabelles Herzen und Augen. »Das ist aber schön…«, stammelte die Hausgans. »Das Meer … Anabel, wir sind am Meer.«

Die Blicke der Ratte verloren sich am Horizont, wo gerade noch das letzte Stück der Sonne hervorlugte, noch einmal mächtig und rund aufblitzte, um dem Land ihren letzten Strahl zuzusenden, bevor sie sich zurückzog, ein unsichtbares Loch hinterlassend, dort, wo jetzt nur noch Himmel und Wasser einander leise berührten. »Und der Himmel…«, kehrte die Ratte aus ihren versunkenen Gedanken zurück in die Welt. Noch breitete sich das Licht über den ganzen Himmel, abgestuft, vom zartesten Orange über ein helles Rot, in allen Tönen von Lila und Violett bis zum dunklen Violettgraublau.

»Erinnert mich irgendwie an meine Spezifitätenskala, interessant«, dachte Anabel, doch sie sagte es nicht, denn selbst ihr schien dieser Gedanke etwas fehl am Platz zu sein.

Lange harrten sie noch so aus, genossen, wie das Wasser an die Bordwand schlug und sich an der Hafenmauer brach.

»Ich habe Hunger«, ließ sich schließlich die Gans vernehmen.

»Gute Güte, Anabelle, wir haben noch gar nichts gegessen. Ich hab auch schon einen Riesenkohldampf, fällt mir auf. Lass uns zur Kiste zurück, heute gibt's was zu feiern. Wir machen ein Picknick an Bord.« »Auja, Anabel, das ist eine fabelhafte Idee!« Die Gans war nicht mehr zu bremsen, trällerte ein Liedchen, eines, das ihr ein Matrosenlied zu sein schien. Übermütig hüpfte sie von einem aufs andere Bein. »Und 'ne Buddel voll Rum ... « grölte sie.

»He, alte Schnapsgans, Rum gibt's nicht, und der täte uns wahrscheinlich auch gar nicht gut. Aber es gibt köstliches Wasser, und das Beste ist, wir müssen nicht allzu streng damit wirtschaften, wo wir uns doch frei auf dem Schiff bewegen können. Zur Not finden wir des Nachts noch allerhand in der Kombüse, wie mir scheint.«

Schnell hatten sie ein ansehnliches Mahl zusammengestellt und trugen es zurück an Deck. Dort breiteten die beiden ihre Decke aus und dann schlemmten sie feierlich.

8. KAPITEL

Ein neuer Tag begann, und Anabel und Anabelle hatten sich schon gut eingelebt. Sie stellten bald fest, dass auf dem riesigen Schiff nur eine Hand voll Matrosen war. Das war ihnen gar nicht unangenehm. So würden sie Ruhe haben und ihre Reise entspannt genießen können.

Zu Mittag heulte das große Nebelhorn. Jetzt, wussten sie, würde es losgehen. So hatte es ihnen schließlich Frederik erzählt. Immer wieder dachten sie an ihn, an seine Geschichten, und was aus ihnen geworden wäre, hätte er sie nicht in so viele Dinge eingeweiht. Dann erzitterte das ganze Schiff, der mächtige Motor wurde angeworfen und ein mechanisches Stampfen erfüllte den Frachter mit Leben, gleich einem riesenhaften Tier, das nach langem Schlaf zögernd wieder seine Glieder bewegt.

»Leinen los!«, rief der Maat von der Brücke. »Leinen sind los!«, schallte es zurück, und endlich legte das Schiff ab.

Nach einer Weile nahmen sie volle Fahrt auf. Das Stampfen wurde rhythmischer, wie Musik trommelte der Antriebsmotor vor sich hin. Anabel wurde unruhig in ihrer Kiste. »Ich würd nur allzu gern raus, um nachzusehen, was los ist. Jetzt an der Reling die Nase in den Fahrtwind zu halten, das wär schon was.«

»Halt noch ein bisschen aus, Anabel, wir sollten nicht gleich so ein Risiko eingehen. Es wär nicht gut, wenn man uns entdecken würde.«

Die Gans war vorsichtig und sie hatte Recht damit. Kaum hatte sie ausgesprochen, waren Schritte zu vernehmen. Ein Matrose kam angeschlurft, um sich direkt an ihre Kiste zu lehnen. Er zog ein Buch aus seiner Tasche, setzte sich und begann darin zu lesen. Nachdem er so eine gute Stunde verbracht hatte, schaute er auf die Uhr, zuckte zusammen und raffte sich eilig auf. »Gottogott, hätt ich doch fast die Ablöse verschlafen...«, murmelte er zu sich selbst und weg war er.

»Ja, viele sind's nicht, aber man muss trotzdem auf der Hut sein.« Anabel gab Anabelle Recht. »Obwohl mir dieses Matrosenvolk ja nicht unfriedlich erscheint. Gegen unseren Bauern zumindest...«

Mit etwas Umsicht und Wachsamkeit fühlten sich die Freundinnen aber bald recht sicher. So verlief dieser und auch der darauf folgende Tag ruhig. Anabel und Anabelle verbrachten ihre Zeit mit Spielen, dösten gemütlich in ihrer Kiste vor sich hin und schauten sich auf dem Schiff um. Zur Schiffsküche hatten sie bis jetzt noch keinen Zugang gefunden, obwohl sie mittlerweile wenigstens wussten, wo sie sich befand. Das beunruhigte die beiden aber nicht, schließlich hatten sie neben dem Proviant in ihrer Kiste ja eine zweite mit so viel Vorräten gefüllt, dass sie sich die nächsten vier Wochen keine Sorgen um den Speisezettel machen mussten.

Sie waren schon weit draußen auf dem offenen Meer. Es war früher Nachmittag und Anabel und Anabelle standen an Deck. Kein Streifen Land war zu sehen und die Seevögel, die sie anfangs in Scharen begleitet hatten, wurden immer spärlicher.

Nur ein einzelner großer Kormoran zog beharrlich über ihnen seine Schleifen. Immer wieder sah Anabelle zu ihm hinauf.

»Und so was soll mit mir verwandt sein«, dachte sie, »ich weiß nicht, mir würde schwindlig da oben. Weit und breit kein Stückchen Erde zum Ausrasten.«

Plötzlich rüttelte es an ihrer Hand. »Schau da, Anabel!« Die Ratte zeigte aufgeregt vor sich in die Wogen. »Siehst du das? Ist ja fantastisch!!«

Ein Zug Delfine hatten sich dem Schiff genähert. Es mussten mehr als zwanzig sein. Silbern glitten ihre Rücken zügig durch die Wellen, tauchten unter und erschienen kurz darauf wieder an der Oberfläche.

Die Gans und die Ratte betrachteten fasziniert das Schauspiel. Immer höher schossen einzelne Delfine aus dem Wasser heraus, um ihre Gefährten zu waghalsigen Sprüngen aufzufordern; mit akrobatischen Glanzstücken tollten die Delfine unter, auf und hoch über der Wasseroberfläche. Immer wieder schnellten sie hinauf, schlugen einen Salto nach dem anderen und verschwanden wieder wie Pfeile in den Wogen. Es war die helle Freude, ihnen bei ihrem Spiel zuzusehen.

»So was habe ich noch nie gesehn«, murmelte die Ratte zu ihrer Freundin. »Kein Wunder, auf welchem Bauernhof hat man schon Delfine ...«, behielt die Hausgans Recht.

So vergingen die Tage. Abgesehen von ein paar kleinen Zwischenfällen – einmal setzte der Motor aus und die Schiffsmechaniker waren einen halben Tag beschäftigt, ihn wieder zum Laufen zu bringen, ein anderes Mal ging ein Mann über Bord, als er den Eimer mit den Küchenresten zum Fischefüttern ins Meer kippte – passierte nicht viel. Sie fuhren jetzt geradewegs Richtung Süden und von Tag zu Tag wurde es wärmer. Vom kalten Winter, der zu Hause vielleicht schon angebrochen war, spürten sie hier nichts. Man konnte ohne zu frieren auch des Nachts an Bord stehen, um die Sterne zu betrachten.

Jedes Mal, wenn Anabelle dieser Lieblingsbeschäftigung nachging, versank sie völlig in ihren Gedanken. Sie stellte sich die Sterne vor, fragte sich was denn dort los sei, ob es dort auch Gänse und Ratten gäbe oder ein Meer, auf dem Menschen in schweren Kähnen fuhren, um Waren von einem Platz zum anderen zu bringen.

Mit einem Seufzer wandte sie sich auch diesmal ab, wohl wissend, dass ihr diese Frage niemand würde beantworten können. Müde kehrte sie wieder an ihren Schlafplatz zurück. Anabel war noch wach.

»Du, glaubst du, es ist noch weit?«, sprach Anabelle die Ratte an. »Wir sind jetzt schon einige Tage unterwegs, ich wüsste nur zu gern, wo wir sind … «

Kein Land war seit Tagen zu sehen und beide sehnten sich schon nach festem Boden unter den Füßen. Sie hatten einfach zu viel Zeit zum Nachdenken, die Zeit verging eine Spur zu langsam. So wurde Anabelle immer stiller und die Ratte hatte Mühe, sie aufzuheitern. »He, alte Gans, sitz nicht so rum, geh doch mit aufs Deck!«, versuchte sie es wieder einmal. Aber die Gans war zu nichts zu bewegen. Sie hörte Anabel kaum. Darauf drehte sich die Ratte um, zuckte mit den Schultern und schlich wieder davon. »Wenn das nur nicht so bleibt«, murmelte sie, dann bog sie ums Eck.

Anabelle hatte Heimweh. Und zwar so stark, dass sie zuletzt keinen Schritt mehr nach vor oder zurück tun wollte. Sie saß in der Kiste, starrte auf ein Astloch und wartete, bis die Zeit verging. So träumte sie von ihren Freunden in der Scheune, von Erik, Susabelle und all den anderen, mit denen sie im Stroh gespielt hatte, sich die Sonne auf die Federn hatte brennen lassen, Halme gezupft und Erkundungen unternommen hatte.

Das Schiff hatten sie jetzt schon gut kennen gelernt und, sicher, es gab da jede Menge interessante Sachen, wie den Maschinenraum mit seinen schwarzen, stampfenden Motoren und dem schweren Geruch nach Öl, oder die Kombüse mit dem dicken Koch, der immerwährend pfiff, immer die gleiche Melodie, und der auch immer das Gleiche zu kochen schien, einen graubraunen Eintopf aus Fleisch und Gemüse. Da war auch noch der Geräteraum mit allerhand unbekannten Werkzeugen und mit Ölzeug für eine komplette zweite Mannschaft. Aber all das schien ihr kein rechter Vergleich zu sein zu ihrem Bauernhof und all den Freunden. Doch da erinnerte sie sich wieder, warum sie geflohen war, und sie bemerkte, dass sie hierher nicht gehörte und zu Hause nicht sein konnte. Es fiel ihr der Schnee zu Hause ein, die weiße Pracht, die die Landschaft in tiefem Schlummer verbarg.

Plötzlich ruckte das ganze Schiff. Anabel stürzte die Treppe herab. »Anabel, Schlafmütze! Wir laufen in einen Hafen ein! Pack deine Sachen, wir sind in Indien!!!«

9. KAPITEL

Die Hausgans war sofort wie ausgewechselt. War sie noch vor
einer Minute bekümmert am Boden gekauert, so packte sie jetzt
das volle Leben: »Wir sind in Indien!!«
Schnell hatten beide ihr Bündel geschnürt. Unvorsichtig, aber
voller Begeisterung eilten sie an Deck. Das Schiff war schon im
Hafen eingelaufen und legte gerade in diesem Moment an der
Entladerampe an. Übermütig hüpften sie auf die erste Kiste, die
hinunterverfrachtet wurde. Als der wackelige Kranarm sie hob,
blickten die beiden in eine völlig fremde Welt. Dunkelhäutige
Menschen tummelten sich barfuß auf sandigen Straßen, in
weiße Tücher gehüllt, weiße Lehmbauten saßen auf der roten
Erde und ein Geschrei von Tier und Mensch drang an ihr Ohr.
Doch schon setzten sie am Boden auf. Bevor der Hafenarbeiter
noch an die Kiste heranlangte, hüpften sie über ein Tau auf die
Mole und stoben davon.

Nachdem sie sich weit genug entfernt hatten, sahen sie sich ruhig um. Eine fremdartige Landschaft umgab sie. Da standen stämmige Palmen und sonnengegerbte hohe Gräser säumten die staubige Straße, Sand wehte durch die Luft, ein paar fahlweiße Pferde und klapprige Esel teilten sich den kargen Schatten.

Dazwischen erblickten sie eigenartige, riesenhafte Tiere mit
hängender Lippe, langem Hals und einem Riesenbuckel am
Rücken. Ihre Beine schienen, trotzdem sie schlank waren, sehr
kräftig zu sein. Mit ruhiger Miene standen diese mächtigen
Vierbeiner im Sand und kauten, wobei sie manchmal und nur
langsam den Kopf wendeten, um dann in eine andere Richtung
zu stieren.

»Was is'n das?«, fragte Anabelle die Ratte. »Weiß nicht genau«, erwiderte Anabel, »könnte aber ein Kamel sein, wie mir
scheint.«

»Kamele? In Indien?«

»Naja, die gibt's hier schon auch, obwohl … « Die Ratte blickte
auf die weiß getünchten Häuser mit ihren aufgesetzten Halb-
monden und beschloss, fürs Erste einmal zu schweigen.

»Gehen wir ein Stück!«, ermunterte sie die Gans, und die beiden schlenderten ein Weilchen
die Straße entlang. Die
Sonne brannte vom
Himmel und machte
ihnen zu schaffen.
Doch nicht weit
vor ihnen lagen
die Tore einer
Stadt, und die
wollten sie sich
erst einmal
ansehen.

Anabelle und Anabel kamen bei einem Tor an. Tiere schienen hier freien Eintritt zu haben, und so schlenderten sie an einem müden Wächter vorbei und sogen begierig alles auf, was sich ihren Blicken bot.

»Du, Anabel«, raunte die Gans. »Weißt du vielleicht, wo wir hier sind?«

»Ähm ja, nicht in Indien, scheint's…« Die Ratte kratzte sich am Kopf. »Scheint, als hätten wir den falschen Bahnhof erwischt.«

Anabel und Anabelle hatten Recht. Sie waren in Arabien gelandet. Natürlich hatten die beiden keine Idee, wie's nun weitergehen sollte. Das heißt – fast keine Idee. Denn Anabel fasste bereits einen Entschluss: »Ich glaube, Anabelle, wir kümmern uns erst mal um unser Abendbrot.«

10. KAPITEL

Das war allerdings leichter gesagt als getan. Wo sollte Anabel suchen? Es gab hier keine Schober, keine Mühlen, und was eine Bäckerei oder ein Bauernhaus sein sollte, war auch irgendwie nicht zu erkennen. So spazierte die Ratte zunächst ein wenig durch die Gassen. Sie musste sich schließlich einen Überblick verschaffen. Da waren zusammengekauerte Geschöpfe, Menschen, die wie Lumpenbündel im Straßenstaub schliefen. Wieder andere, offenbar Wohlhabendere, stolzierten in kostbare Stoffe gewandet durch die Straßen, gefolgt von einer Schar von Dienern, und beäugten die Waren der Händler, die sich auf beiden Straßenseiten niedergelassen und auf ihren Teppichen allerhand fremde Dinge ausgebreitet hatten. Da war Geschirr aus goldfarbenem Metall, kunstvoll gehämmert und mit reichen Ornamenten verziert, wieder andere hatten Pyramiden von

Gewürzen vor sich aufge-
häuft, boten Weihrauch
und Safran, Myrrhe und
duftendes Rosenwasser,
wieder andere hatten
Lederwaren, gegerbte
Gürtel oder Messer und
prachtvolle Dolche.
Anabel war im Basar ge-
landet. Ein paar Schritte
weiter und das Angebot änderte sich. Mit ihm auch Anabels
Laune: Das war offenbar der Lebensmittelmarkt. Und, dazu ge-
nügte ein Blick, eindeutig ein Spezifitätenmarkt. Wenngleich
die Ratte auch nicht jedes Gemüse hier kannte, sah doch alles
zusammen ausnehmend lecker aus. Und mit einem Schlag
wurde Anabel bewusst, wie lange sie schon auf etwas Frisches
verzichten hatte müssen. Es kam ihr wie Jahre vor.
Mit einer schnellen Bewegung raste sie auf ein Verkaufspult zu,
schnappte sich etwas, das nach Paprika aussah, und ehe der
Händler sich versah, war sie auch schon wieder davon.

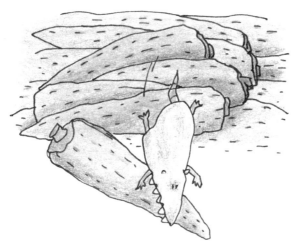

Einige Häuser entfernt verkroch sie sich unter einem Stiegen-
aufgang.
»Salam alaikum!«
»Salam-wer kommt?« Anabel wandte sich um.
Vor ihr stand eine, das heißt fast eine, oder zumindest eine Art
– Ratte.

Anabel vergaß ihr Gemüse und starrte diesem Wesen fassungs-
los in die Augen.
»Salam alaikum«, wiederholte ihr Gegenüber, und zwar freund-
lich. »Hab schon eine Ewigkeit keine Nordmaus mehr gesehen.
So ein Zufall aber auch … Ich wünsche dir ein gesegnetes Mahl,
Nordmaus, Allah der Große beleuchte dich!«
Anabel hörte nicht auf zu starren. Sie beschloss, die Sache mit
der Nordmaus fürs Erste zu überhören und ließ ihren Blick an
diesem Wesen schließlich zu Boden gleiten. Solch riesige Füße
hatte sie in ihrem Leben noch nie gesehen.
»Du solltest deine Okra essen, bevor sie sich der Händler zurück-
holt. Aber im Ernst: Respekt meine Liebe, du bist schnell!«

Die Ratte war noch immer verwirrt, nicht zuletzt, weil auf die anfängliche Gemeinheit – die »Nordmaus« – flugs ein Kompliment folgte.

»Aha, ich sehe. Ich bin deine erste Wüstenspringmaus. Bist wohl gerade mit dem Schiff geliefert worden. Es scheint mir, du hättest ein paar Fragen…«

Anabel hatte keine Fragen.

»Bist du alleine?«

»Äh, nein.«

»Schau an, schau an. Erhabener im Himmel, die Nordmaus findet Worte, um sie mit mir Unwürdigen zu teilen!« Die Springmaus verdrehte die Augen nach oben. »Und wo befindet sich deine werte Begleitung?«

»Nun ja, äh, eigentlich müsste ich längst bei ihr zurück sein.«

»Geh sie holen, Nordmaus! Ich bewache inzwischen deine Okra.«

Anabel wusste nicht wie ihr geschah, folgte aber schließlich verlegen der Aufforderung.

11. KAPITEL

Nachdem also Anabel ihre Freundin, die Hausgans, gefunden hatte – und sie war leicht zu finden, denn sie hatte sich nicht einen halben Meter von der Stelle bewegt –, erzählte sie ihr von ihrer Begegnung mit der Wüstenspringmaus. Auch Anabelle war neugierig. So trafen sie kurz darauf an dem Platz unter der Stiege ein.

Zwei Okràs lagen jetzt an dieser Stelle, und ein großer Becher mit frischem Wasser stand auch dabei.

Daneben wartete als Nachtisch noch eine kleine Schale mit frischen Feigen.

Von der Wüstenspringmaus aber war keine Spur zu sehen.

Anabelle zuckte mit den Achseln. »Jetzt ist sie weg. Aber sehr gastfreundlich sind sie hier, das muss ich sagen!«

Sie ließen sich nieder und genossen das bereitete Mahl. »Endlich wieder mal was wirklich Frisches«, schmatzte die Gans.

»Wie Recht du doch hast, meine liebe Freundin«, antwortete die Ratte im Geiste.

Fünf Minuten später war die letzte Feige in Anabelles langem Hals verschwunden.

»Sag mal, wollte diese Maus nicht hier warten? Wo sie nur ist? Ich bin ja gespannt, ob sie wirklich so eigenartig aussieht!«

»Eigenartig! Bei allen sieben Himmeln! Im Umkreis von Hunderten von Meilen findet sich kein seltsamerer Vogel als sie selbst und wie findet sie mich? Eigenartig! Möge der Gnädige dir Unwissende solch unbedachte Worte verzeihen! Ihr dürft mich im Übrigen Achmed rufen.«

Die beiden wandten sich um. Die Springmaus musste sich während ihrer Mahlzeit zu ihnen gesellt haben.

»Mein Name ist Anabelle«, sagte Anabelle.

»Und ich bin Anabel«, meinte die Ratte.

Alle drei verbeugten sich tief.

»Du, Achmed …«, Anabelle fasste sich als Erste wieder. »Du hast meiner Freundin ja sicher allerhand erzählt. Kannst du mir sagen, wo wir sind? Und wer du bist? Und warum du uns hilfst?«
Achmed blickte sie an.
»Du scheinst mir die richtigen Fragen zu stellen, liebe Gans. Ich wende mich demnach an dich. Wo ihr seid, das ist unschwer zu beantworten. Ihr seid in Felix Arabia, wie bereits die Römer es zu nennen pflegten, dem glücklichen Arabien. In der Tat ist das hier ein sehr glückliches Land. Glücklich nicht nur, weil unsereiner hier weilt. Trotz des ersten Eindrucks von Dürre und Trockenheit tut sich hier ein wunderbares, ja ein fast üppiges …« »Achmed, bitte …« Anabelle unterbrach ihn. »Mach bitte schnell. Es interessiert uns wirklich.«
»Warum seid ihr Nordischen nur immer so ungeduldig?« Die Springmaus war gekränkt. »Ihr verderbt einem den ganzen Spaß.«
Anabel mischte sich ein. »Tut uns Leid. Aber Anabelle geht's wie mir. Wenn du uns gestattest, würden wir wirklich gerne mehr erfahren. Wo sind wir wirklich?«
Achmed schien wieder gefasst. »Im hinterletzten Eck der Welt, meine beiden. Aber das tut nichts zur Sache. Wir sind hier nur auf der Durchreise. Gestatten …,«, und er verbeugte sich tief, »Achmed ben Bum, meines Zeichens Artist am Zirkus Hamdullah. Wir kommen von hier und reisen nach dort, wir spielen vor allen an jedwedem Ort. Bezaubern, entrücken, und wir verzücken Kinder und Greise, Tore und Weise. Kommen Sie rein und treten sie ein – sie werden noch heute ein anderer sein!«
»Du meine Güte«, seufzte Anabelle.
Anabel seufzte auch.
Achmed schwang sich mit einer ausholenden Geste herum.
»Kommt mit mir, Freunde. Folgt mir. Wir wollen uns zu Tisch

begeben, um alles ausführlich zu besprechen.« Er schritt voran, Anabel und Anabelle blieb nichts übrig, als ihm zu folgen.

Nachdem die drei eine Zeit lang herumgestapft waren, befanden sie sich bereits wieder an den Stadtmauern, wenn auch nicht bei dem Tor, durch das sie hereingelangt waren. Davor baute sich ein aufwändiges Zirkuszelt auf.

»Wartet hier«, rief Achmed kurz, indem er sich umwandte, »ich bin in einer Minute zurück.«

Das Zelt war riesengroß. Es war gestreift, breit, in Weiß und Rot, und dicke Seile hielten es gespannt. In der Mitte des Zeltes ragte ein Turm aus hohen Stangen auf, daran wehte eine orange Fahne mit einem weißen Elefanten darauf.

»Gefällt mir, muss ich sagen«, meinte Anabel. »Irgendwie geschmackvoll.«

Schon kam Achmed zurück. »Ihr könnt reinkommen. Ich stell euch gleich einmal meine Freunde vor. Gehen wir erst mal zu Gustave.«

Vorbei an allerlei eigenartigen Gerätschaften gelangten sie zu einem goldverzierten Käfig, in dem ein mächtiger Löwe ruhte. Achmed klopfte mit einem seiner Ringe an eine Stange, sodass es leise klirrte. Der Löwe räusperte sich und drehte sich langsam um.

»Es ist angerichtet?« Gustave starrte schielend über die drei hinweg, missmutig, träge, ein bisschen überheblich vielleicht. Nachdem sich in seinem hohen Blickfeld nicht allzu viel bewegte, senkte er seine Augen und seine Miene hellte sich schlagartig auf. »Achmed, mon ami, wie geht es dir? Und was hast du mir hier gebracht? Abendessen? Wie bezaubernd von dir! Jaja, ein wahrer Freund … «

Achmed lachte. »Nehmt ihn nicht allzu ernst, Brüder, Gustave verfügt über einen ausgesprochen schlechten Humor. Nichtsdestotrotz ist Gustave ein feiner Bursche, wenn man von seinen abgeschmackten Späßchen einmal absieht. Also, voilà – Anabel et Anabelle, Monsieur Gustave!«

»Und wer wären die beiden, mein lieber Achmed?«

»Reisende, mein Lieber, hab sie im Bazar aufgegabelt.«

»Bonjour, mes enfants, also Tag, meine Kinder, sollte ich wohl sagen. Was führt euch hierher?«

»Guten Tag auch, Monsieur Gustave«, grüßte Anabelle. Anabel schob sich vor. »Ich glaube, das wäre eine zu lange Geschichte für ein kurzes Gespräch. Jedenfalls bedanke ich mich für das Interesse. Später, in Ruhe, erzählen wir natürlich gerne mehr.«

»Interessant. Höflich sind sie ja, die beiden. Und Stil haben sie auch. Höflichkeit. Wahrscheinlich das Wichtigste. Und Stil.« Der Löwe gähnte, drehte sich um – und legte sich wieder zur Ruhe.

Achmed nahm die beiden mit sich. »Mein Gott, diese Löwen ... Kommt, ich glaube das Essen ist schon angerichtet.«

»Du, Achmed, eine Frage aber bitte noch, auf die Schnelle ... « Anabelle musste es wissen. »Wohin zieht euer Zirkus eigentlich?«

»Ihr seid wirklich außerordentlich hastig, Kinder. Diese Hast müsst ihr euch abgewöhnen. Aber gut ... Wir ziehen dorthin, wo die Sonne sich des Morgens über die Schleier der Dämmerung erhebt, um uns Tag für Tag zu erleuchten, in das Land unserer heiligen Ahnen am gesalbten Strome Ganges. Wir ziehen nach Indien, wo ... «

»Nach – Indien?!!«, platzte es aus beiden heraus.

Achmed trat erschrocken einen Schritt zurück. »Aber ja, Freunde, aber ja. Wir sind unterwegs zum großen Maharadscha Puribam, Herrscher über das Reich von Bamipur. Aber kommt jetzt mit und lernt meine Freunde kennen.«

Die Ratte knuffte die Gans in die Seite. »Anabelle, vielleicht haben wir den falschen Bahnhof erwischt. Aber eins ist sicher: Wir sind im richtigen Zug.«

Und sie schlenderten frohgelaunt mit Achmed.

12. KAPITEL

In einem kleinen Nebenzelt war eine gesellige Runde bei einer reich gedeckten Tafel vereint. Zwei aufgeweckte Bären saßen da, ein junger weißer Elefant sowie zwei ältere Kamele, die unbeeindruckt vom Trubel ihr Mahl zu sich nahmen. Achmed zeigte auf die beiden Bären.

»Piz und Pazov, Kragenbären. Sie kommen eigentlich aus Russland, sind aber schon seit Jahren mit uns unterwegs. Das ist Anabel…«, er wies auf die Ratte, »… und das…«, und dabei lenkte er die Aufmerksamkeit auf die Hausgans, »… ist Anabelle.«
Die Bären prusteten los. »Also Künstlernamen braucht ihr keine! So was aber auch. Heißen beide gleich. Jedenfalls – Willkommen, Leute!«, schwang der etwas kleinere der Bären, die einander sonst bis aufs Haar glichen, seine Begrüßungsrede.

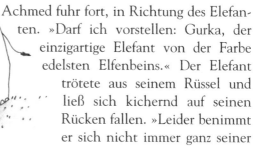

Achmed fuhr fort, in Richtung des Elefanten. »Darf ich vorstellen: Gurka, der
einzigartige Elefant von der Farbe
edelsten Elfenbeins.« Der Elefant
trötete aus seinem Rüssel und
ließ sich kichernd auf seinen
Rücken fallen. »Leider benimmt
er sich nicht immer ganz seiner
Abstammung gemäß. Aber, bei Allah, er ist trotz allem ein
Pfundskerl.«

»Dann bist du also der Elefant von der Fahne?«, wollte Anabel
wissen.

Sofort nahm der Elefant Haltung an. »Aber nein, Freunde. Das
auf der Fahne, das ist das Abbild des Ehrwürdigen Mahahiri.
Mein Urgroßvater. Unsere Dynastie ging mit ihm zum fahrenden
Volk.«

»So, genug der Worte. Lasst uns jetzt einmal ordentlich zugrei-
fen.« Damit eröffnete Achmed den Schmaus.

Nachdem sie all das, was sie in der letzten Zeit an Spezifitäten

vermisst hatten, doppelt und dreifach nachgeholt hatten, lehnten sie sich genüsslich und mit rundem Bäuchlein zurück, um in den weichen Kissen zu versinken. »Ach Leute«, schnalzte die Ratte mit der Zunge, »so glücklich kann Arabien gar nicht sein, wie ich jetzt voll bin.« »Papp«, stieß Anabelle hervor, die einfach ausprobieren musste, ob sie es noch sagen konnte.

Die Bären nahmen zwei eigenartige dreieckige Gitarren zur Hand und spielten wunderschöne Lieder, während die Abenddämmerung das Land mit ihrer dicken schützenden Decke überzog.

Als Anabel und Anabelle ihre Augen aufschlugen, blinzelte bereits die Morgensonne zum Zelt herein. Von der Feier des Vortages war nichts mehr zu sehen und vor ihnen standen zwei duftende Tassen Tee mit frischer Pfefferminze. Sie waren beide in kunstvoll gewebte Seidentücher gebettet worden und hatten die Nacht im tiefsten Schlaf verbracht. Von draußen drangen bereits klirrende Arbeitsgeräusche und das Schreien und Rufen der Zirkusleute herein. Achmed betrat das Zelt. »Aufstehen, Freunde! Wir bauen ab. Es geht heute noch weiter.«

»Aber – was wird jetzt aus uns?« Anabelle rieb sich noch immer den Schlaf aus den Augen.

»Ihr könnt mitkommen – oder auch dableiben. Wie es euch beliebt. Wenn ihr euch aber entschließt mitzukommen, müsst ihr natürlich ein Scherflein beitragen. Irgendwas Nützliches kann schließlich jeder. Aber überlegt es euch gut. Unser nächster Halt ist Indien – und dazwischen liegt eine lange und beschwerliche Reise durch die Wüste.«

Anabel hüpfte auf. »Was sollen wir tun?«

Achmed lachte. »Trinkt erst einmal euren Tee!« Und damit war er auch schon wieder verschwunden.

»Anabel?« Die Gans kratzte sich am Kopf. »Du kannst ja mit deinen Kunststücken allerhand vorweisen, aber ich ... ich weiß wirklich nicht, was ich können könnte. Ich hab ja nie irgendetwas können gekonnt ... «

»Papperlapapp. Du kannst eine ganze Menge, Anabelle. Du hast bloß das meiste noch nicht ausprobiert.« Dann nippten sie an ihrem Tee.

Die Wüste, eine schier endlose Weite voller Entbehrungen und Mühsal lag vor ihnen. Natürlich hatte Anabel von der Wüste gehört. Dass es in ihr nichts zu trinken geben sollte. Oder, dass sie einfach nur heiß, und zwar ordentlich heiß, sein sollte. Schließlich, dachte sie, war sie ja keine Wüstenspringmaus, sondern eine Ratte aus dem hohen Norden, sehr lustig würde das wohl kaum werden ...

»Aber was, da kommen wir schon durch!«, machte ihr Anabelle Mut.

In Windeseile war der Platz, auf dem kurz zuvor noch das herrlich bunte Zelt gestanden hatte, wie leergefegt. Kamele warteten hoch bepackt auf den langen Marsch. Auch Anabel und Anabelle hatten ein eigenes Kamel zugewiesen bekommen, es hockte am Boden und schmatzte mit gerecktem Hals in den

Wind. »Es heißt Hadschi, hat Achmed gesagt«, erklärte Anabelle.

»Aufsteigen!«, rief es von der Spitze, man sprang auf und ein Kamel nach dem anderen erhob sich. Weil sie aber nicht wussten, dass Kamele zuerst mit den Hinterbeinen aufstehen – und man sich gehörig festkrallen muss – purzelten Anabelle und Anabel kopfüber wieder hinab.

Pazov, der sich gleich hinter ihnen befand, schüttelte sich vor Kichern. »Das Wüstenschiff ist wohl schwer zu navigieren, Leichtmatrosen?« Auch Piz prustete los. Der nächste Versuch klappte aber bereits ganz wunderbar.

Und so zogen sie fort und die halbe Stadt war auf den Beinen und winkte ihnen nach. Bald hatten sie sich an das Schaukeln gewöhnt, im wiegenden Schritt der Kamele drangen sie tief und tiefer in die Wüste vor.

Am Anfang gesellten sich noch kleine niedrige Sträucher zusammen, um sich gegenseitig etwas Schatten zu spenden, dann wurde der Bewuchs immer karger und schließlich spross nur noch hie und da ein zähes Blatt, das sich ein besonders hartes Dasein gewählt hatte.

Keiner sprach ein Wort, bloß die Bären hinter ihnen summten ihre getragenen Melodien. Dünen tauchten vor ihnen auf, Sand, so weit ihre Augen reichten. Die Sonne stand hoch am Himmel und eine schwere Hitze lastete auf ihnen. Immer wieder nahmen sie kleine Schlückchen aus ihren Flaschen und wie im Traum versunken trabten sie durch den Tag, durch die brütende Hitze hindurch, stundenlang im monotonen Schritt dem Abend entgegen.

Nur noch ein rotgelbes Leuchten am Horizont war zu sehen, als die Karawane halt machte. Eine kleine Oase war da, bloß ein paar Bäume um einen kleinen Wasserplatz. Auf ein paar Metern im Umkreis wucherten einige Pflanzen.

Die Kamele wurden versorgt, Kochgeschirr schepperte, Schlafsäcke wurden ausgerollt.

Achmed tauchte auf. »Ich werd bei euch mein Mützchen Schlaf nehmen, erlesene Gefährten.« Erlesen hatte sie noch keiner genannt. Die beiden blinzelten sich an, sagten aber nichts. Sie waren einfach zu erschöpft und ihre Knochen glühten noch vom Tag.

Nachdem der Koch eine kleine Schale mit einer würzigen Gemüsesoße gebracht hatte, tunkten sie diese mit auf heißen Steinen – über, wie sie später erfuhren, getrocknetem Kamelmist – gebackenem Fladenbrot auf. Eine einfache Kost, aber sie mundete herrlich. Dann rollten sie sich in ihre Decken ein und starrten in das nachtblaue Himmelszelt.

»So viele Sterne hab ich noch nie gesehen«, staunte Anabel.

»Ja, nichts ist erhabener als Allahs glitzernde Decke der Wüstennacht. Aber wickelt euch ordentlich ein, es kann ganz schön kühl werden.« So nickten sie ein.

Spuckend, den Schnabel voller Sand, wachte Anabelle auf. Nach einem kurzen Frühstück, bei dem auch sie Hand anlegten, ging es bereits wieder los.

13. KAPITEL

Viele Tage zogen sie durch Stein, Geröll und Sand. Vorbei an so manchem Haufen bleicher Knochen, endlos weiter, bis die Gegend allmählich wieder anfing, sich da und dort mit ein paar Disteln oder einem trockenen Gebüsch zu schmücken.

Irgendwann, an einem namenlosen Platz, sah Anabelle, wie ihre Freundin wirr auf den Horizont starrte. Anabel stammelte: »Ein Boooot. Noch ein Boot. Ein drittes Boot. Lass dir ja nichts anmerken, Anabel, du wirst gerade verrückt. Nur so tun als wär nichts da, wird schon keiner merken…« Die Hausgans war recht verwundert, sah aber dann in Anabels Blickrichtung – und erschrak. Eine kleine Flotte von Fischerbooten mit großen weißen Dreieckssegeln zog da über ein flirrend-flimmerndes Meer am Horizont. »Achmed! Da vorne ist Wasser!!«, rief sie und Anabel stimmte mit ein. »Wasser! Wasser!« Achmed trabte an. »Ruhig, Leute! Das ist nur eine Täuschung!! Eine Luftspiegelung, eine Fata Morgana – viele Menschen haben sich schon davon täuschen lassen und fanden so ihren Tod. Gebt Acht, die Wüste kann wunderschön sein – aber auch

heimtückisch. Sie lockt euch mit Bildern aus weiter Ferne und führt euch auf ihren tödlichen Pfad – gerade in ein brennendes Tal oder in tiefen Treibsand, aus dem es kein Entkommen gibt. Aber habt keine Angst. Unsere Führer sind sicher und sie kennen dieses verlassene Stück Erde wie ihre Westentasche.«

Je näher sie dieser Erscheinung kamen, umso blasser wurde sie, bis sie sich plötzlich in nichts auflöste und einem dort, wo man erst noch Fische vermutet hatte, der kahle Wüstenboden entgegengrinste. Ein anderes Mal hielten sie an einem niedrigen Baum, von dem Achmed dickes, gelbes Harz abzapfte. »Weihrauch, Kinder«, lachte er, »bekommt man nicht überall. Und im Basar gibt's ein paar hübsche Taler dafür.«

Ansonsten trug sich wenig zu, Achmed erzählte manchmal eine seiner ungeheuerlichen Geschichten, von deren Wahrheitsgehalt sich aber niemand so richtig überzeugen lassen wollte, so sehr er auch beteuerte, dass Allah sein Zeuge sei. Vor dem Schlafengehen nahm sich Anabel jeden Tag eine Stunde Zeit, Kunststücke zu üben. So konnte sie bereits wieder ganz gut auf der Nasenspitze balancieren.

3

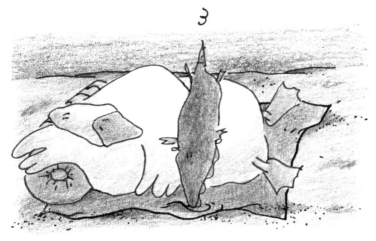

Anabelle trainierte nichts. »Brauchst du auch nicht«, meinte Achmed. »Bei unserer Flugnummer gibt's ohnehin nichts zu probieren.« Anabelle war schon gespannt, was da auf sie zukommen würde. Trotzdem zog sie es vor, besser nicht zu fragen.

Schließlich, nachdem sie dreizehn trockenheiße Tage hinter sich gelassen hatten, standen sie plötzlich vor einem breiten grünen Flusstal. »Der Indus!«, schallte es allen wie aus einer Kehle. »Mein Gott, wir sind da«, murmelte Anabel.

So waren sie endlich in Indien angelangt. Indien! An geheimnisvolle Tempel, verführerische Düfte und exotische Gewürze dachte Anabel, und an feinst gesponnene Seide, an kostbar verarbeitete Juwelengeschmeide und an uralte heilige Orte mit ihren sinnreichen Geschichten und tiefen Geheimnissen. Berge, die bis zum Himmel reichen, würden sie sehen, und den Dschungel mit seinen Tigern, Elefanten, Nashörnern und Krokodilen.

Die Kokoswälder am Ufer des brausenden Ozeans würden ihnen zu Füßen liegen, genauso wie die Teeplantagen in den tropischen Bergen. Jetzt würden sie in diese Welt eintauchen, endlich wären sie an ihrem Ziel angelangt.

»Du, Anabel, was machen wir jetzt hier in Indien?« Die Gans wartete auf eine einfache Antwort. »Ich meine, Indien ist doch ganz schön groß. Wohin wollen wir jetzt eigentlich?«

Das war eine ziemlich schwierige Frage. »Ich denke«, erwiderte Anabel, »wir bleiben erst mal bei unseren Freunden. Dann sehn wir schon weiter.«

Achmed gesellte sich zu den beiden. »Na, was sagt ihr? Zufrieden?«

»Wir sind so aufgeregt … Aber was macht ihr jetzt eigentlich? Wie weit ist es noch bis zu diesem Ramahadscha?« Die Ratte schaute gespannt.

»Maharadscha, Gütigste, Maharadscha Puribam. Ist eigentlich nicht weit, für hiesige Verhältnisse. Zwei Tage, wie der Falke fliegt.«

»Und wie die Hausgans reitet?«, spottete Anabelle.

»Eine Woche, vielleicht zwei. Oder auch drei. Hängt alles davon ab, wie viele Vorstellungen wir unterwegs geben. Aber erst einmal müssen wir über den Fluss setzen. Wir kommen bald in ein nettes Städtchen. Da werden wir Halt machen, wie ich mir denke.«

Über einen steilen Abhang kam die bunte Karawane zu der Stelle mit den Fährschiffen, mit denen sie ans andere Ufer gelangen sollten. Das Zelt, die Gerätschaften, die Gaukler und Artisten, die Kamele, Piz und Pazov wurden ins Boot verladen, dann hüpften Anabel und Anabelle an Bord, schließlich Achmed und ganz zum Schluss folgte bedächtig Gustave.

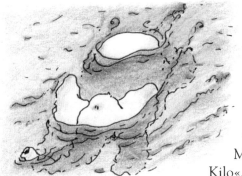

Gurka aber musste schwimmen. Der Elefant war einfach zu schwer für ein Boot. »Dabei hab ich in der Wüste ganz schön was abgenommen. Mindestens hundert Kilo«, raunzte er.

Schließlich streckte er aber seinen Rüssel in die Luft, trompetete ein Signal, schritt in die Fluten, bis nichts mehr als seine Rüsselspitze zu sehen war, und strampelte Richtung Ufer. Der Fluss lag ruhig da und die Strömung war nur leicht. So erreichten sie das andere Ufer, und weiter ging's, bis sie schließlich in einer Stadt ankamen, die über und über mit rosaroter Farbe bemalt war. »So was. Das schaut ja ulkig aus!« Anabel grinste. »Ich find's hübsch. Und auch die Türmchen, die sie da haben. Wirklich geschmackvoll.« Da waren die beiden vollkommen einer Meinung.

Viele Tiere tummelten sich auf den Straßen. Vor allem: Kühe. Kleine Kühe, mittlere Kühe, große Kühe. Riesige Kühe. Junge, alte, dürre, fette, weiße, schwarze, braune und gefleckte Kühe. Kühe mit kurzen Hörnern, lang geschwungenen und aufrecht geraden. Dazwischen meckerten Ziegen, verfolgten Hunde Katzen und hoch droben auf den Simsen und Dächern tollten Affen wie wild hintereinander her.

»Jetzt geh ich nicht von der Stelle, bis ich ein Kamel sehe, unter dem eine Kuh durchläuft, unter der eine Ziege durchläuft, unter der eine Katze durchläuft, unter der eine Maus durchläuft…« »Ja, Anabel, und über die ein Affe springt, auf dem ein Floh sitzt!«, lachte die Gans auf. »Hier hat's aber Kühe!«

»Natürlich. Was glaubt ihr wo ihr seid? Sind schließlich heilig hier.« Achmed mischte sich ein.

»Aber, ich dachte, die Ratten«, entfuhr es Anabel.

»Die natürlich auch, verehrenswürdige Hoheit.« Achmed machte mit einer ausholenden Handbewegung einen Knicks, während Anabelle losprustete. »Verzeih mir Anabel, aber es ist wirklich zu komisch. Die sind ja alle heilig hier!«

Die Ratte war beleidigt. So einfach wollte sie ihre Heiligkeit nun auch nicht mit jedem Dahergelaufenen teilen.

»Kommt Kinder, wir müssen den anderen nach. Wir schlagen hier das Lager auf. Und morgen ist bereits früh eine Probe angesagt. Schließlich haben wir am Abend ja eine Vorstellung.«

So halfen alle zusammen, auf einem freien Platz die Planen auszubreiten, Gurka zog an dicken Seilen die bunten Stangen hoch und schließlich stand das gestreifte Zirkuszelt, von dem die Fahne lustig wehte, in voller Pracht vor ihnen.

»Akrobat schööööön!«, riefen die Kragenbären und machten ihren Synchronpurzelbaum – eine vollkommen gleichzeitige und gleichförmige Rolle vorwärts.

Nach einem ausgedehnten Essen – besonders das Linsengericht hatte es Anabelle angetan – kuschelten sie sich ins Lager und träumten bald von vielen fremden und aufregenden Dingen.

14. KAPITEL

Es war eine stockfinstere, tiefe Nacht und Anabelle befand sich in einem undurchsichtigen und dunklen Strauchwerk. Fledermäuse kreisten über ihrem Kopf und sie wusste nicht, wie sie hierher gelangt war. Anabelle konnte sich einfach nicht erinnern… Irgendetwas Gefahrvolles lag da in der Luft, es war eigentümlich ruhig, nur hie und da wurde die Stille vom erschrockenen Krächzen eines Kauzes zerrissen. Plötzlich hörte sie es: ein leises Knurren, wahrscheinlich ein Tiger, irgendwo nahe in der Dunkelheit. Schlagartig wurde ihr bewusst, was für ein schreckliches Ziel sie abgeben würde, in ihrem hellweißen Federkleid. Da zog auch noch der volle Mond aus seinem Versteck, einer dicken Wolkenschwade, hervor und beleuchtete ihre Federn noch mehr, und das suchende Knurren dieses schrecklichen Ungetüms kam näher und näher. Schweiß tropfte über Anabelles Stirn, sie suchte nach einem Versteck, ihre Augen geisterten ruhelos umher. Da schoss der verzweifelten Gans ein Gedanke durch den Kopf, ein letzter Gedanke, der sie möglicherweise vor dem Schlimmsten retten konnte. Sie musste sich bloß am Boden wälzen, bis ihre Federn so geschwärzt wären, um nicht mehr den gierigen Augen dieses gefräßigen Tigers ausgesetzt zu sein. Sie suhlte sich wie wild im Schmutz, rieb sich ein, doch das Knurren kam noch näher, immer stärker wurde das markerschütternde Geräusch, bis – bis sie schließlich an ihre lauthals schnarchende Gefährtin stieß. Beide fuhren aus dem Schlaf und kreischten erschrocken.

Die Ratte kam als Erste wieder zu sich. »Du hast mich aber jetzt erschreckt, Anabelle. Du siehst ja aus wie ein Erdgeist.« Die Gans blickte zitternd an ihrem schmutzigen Gefieder hinab. Offenbar hatte sie das alles bloß geträumt – und Anabels Geschnarche im Schlaf allzu fantasievoll gedeutet.

»Komm, schlaf jetzt wieder.« Die Ratte nahm die Gans liebevoll in ihre Pfoten. »Ist ja alles bloß Traum. Alles ist gut … « So gähnte Anabelle und bald nickten sie beide wieder ein.

»Guten Morgen Erdgeist! Fertig zur Probe?« Die Sonne war schon herausgekommen und Anabel rüttelte an ihrer verstaubten Freundin.

»Noch ein bisschen, Anabel. Ich bin noch gar nicht recht in der Lage, nach dieser schrecklichen Nacht.« Trotzdem richtete sie sich ächzend auf. Sie wusste: wenn Anabel erst einmal an ihr zerrte, blieb ihr auch gar nichts anderes mehr übrig, als sich hochzurappeln.

Viele ihrer Freunde waren schon bei der Arbeit und probten die Kunststücke, die sie am Abend vorführen würden. Die beiden Kragenbären radelten auf ihren Einrädern, Piz spielte dabei Akkordeon und Pazov sang zweistimmig dazu.

Gustave räkelte sich auf einem Treppchen, von dem er auf den Feuerring blickte, durch den er wegen seines Übergewichts ohnehin seit Jahren nicht mehr springen konnte.

Achmed übte das rollende »rrrrr« für die Publikumsbegrüßung und Gurka stand felsenfest auf einem Bein und schielte.

»Aber was soll ich machen?«, fragte Anabelle. Achmed grinste und kam zu ihr. Hinter sich zog er ein merkwürdiges Gerät her, ein dickes Eisenrohr auf Rädern, und in der Hand hielt er einen knallroten Helm. Mit einem Ruck stülpte er ihn auf Anabelles

Kopf und zog den Kinnriemen fest. »Mesdames! Messieurs!«, rief er. »Genießen Sie diesen spannungsgeladenen Augenblick, und erwarten Sie ein Schauspiel, das seinesgleichen nicht in ganz Asien, ja auf keinem der siebundzwanzig Kontinente findet. Keine ist verwegener! Keine mutiger! Meine Herrschaften: Erleben sie exklusiv … Anabelle – die fliegende Kanonenkugel! Applaus!!«

Anabel wollte über den ganzen Körper erbleichen – merkte aber schnell, dass sie ohnehin weiß war (inzwischen hatte sie ja Zeit zur Toilette gefunden), also erbleichte sie innerlich, wo sie ebenso kreideweiß wurde, wie die allerweißeste ihrer Federn. Gänsehaut hatte sie ja sowieso.

»A-da, a-das, das ist doch nur ein – ganz ein übler – Scherz?«, stotterte sie. Ihr schlotterten die Beine – die arme Gans mochte der Sache gar nicht recht vertrauen.

Achmed nahm Anabelle ernst ins Visier. »Dir kann überhaupt nichts passieren. Vertrau mir. Als wir einst von Rebellen belagert wurden, schossen wir uns alle selbst über die Stadtmauern, und unsere Feinde haben sich alle, als sie uns nachsahen, die Köpfe aus dem Hals gerenkt. Von uns ist keinem etwas passiert – sieht man einmal von meinem lieben Vetter Jussuf ab, der ausgerechnet auf den spitzen Hörnern eines Wasserbüffels landen musste.«

Anabelle war keineswegs beruhigt, wusste aber ganz und gar nicht, wie sie sich aus dieser Lage herauswinden sollte.

»Wir machen erst einmal ein Experiment über eine kurze Distanz. Sagen wir, vielleicht zwanzig Meter, auf eine weiche Unterlage. Möchtest du nach Norden, Osten, Süden oder Westen? Flach am Boden oder hoch hinaus?« Achmed zwirbelte am Docht der Kanone. »Komm, kriech rein!«

Mit mulmigem Gefühl im Bauch kroch Anabelle kopfüber ins Rohr. »Nicht doch«, meinte Achmed. »Der Kopf muss draußen bleiben. Du willst ja was sehen auf deinem Flug!«

Als sie die richtige Position eingenommen hatte, zündete Achmed die Brennschnur. Ein kurzes Zischen, ein tosender Knall – und Anabelle schoss durch das Zelt und flatterte schließlich auf das Trapez zu, an dem sie sich fuchtelnd festkrallte. Hoch oben schaukelte sie hin und her.

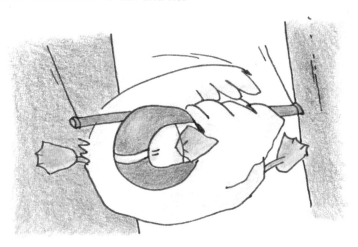

»Und, wie war's?«, rief Achmed ihr aufgeregt zu.

»Ich weiß nicht … bin ich ganz?« Zaghaft tastete sie sich ab, so gut sie es in dieser verzwickten Lage vermochte. Alles war da – und im Nachhinein betrachtet hatte es sogar Spaß gemacht. Elegant und stolz segelte sie zu Boden. »Na, Leute, wie war ich?«

Alle, auch die am längsten dienenden Artisten, waren sich einig, dass Anabelle die beste Kanonenkugel war, die dieser Zirkus jemals vorzuzeigen gehabt hatte.

So verging der Tag recht betriebsam und die Abendvorstellung rückte immer näher.

Jeder kümmerte sich um sein Kostüm. Anabel bekam dunkel nachgezeichnete Lidstriche um die Augen und wirkte damit außerordentlich geheimnisvoll und dazu trug sie ein tiefrotes Samtkostüm mit goldenen Borten und Litzen. An Anabelle wurden lange Silberfäden befestigt, die sie in der Luft wie einen Kometenschweif hinterherziehen sollte.

Es wurde ein glanzvoller Abend. Achmed verstand es großartig, das zahlreich herbeigeströmte Publikum zu unterhalten und die Spannung mit jeder Darbietung auf ein neues Hoch zu heben. Alles staunte, lachte und jubelte – und zum Schluss wurden sie, nachdem sie schon etliche Zugaben gegeben hatten, wieder und wieder mit Beifallrufen in die Manege geholt, bis ihnen von den vielen Verbeugungen der Rücken schmerzte und vom Lächeln Schnauze und Schnabel. Anabel erntete einen besonderen Applaus – und das will was heißen, denn gerade bei den Kunststücken ihrer Art war Indien reich an berühmten Artisten.

Als der letzte Zuschauer das Zelt verlassen hatte, trafen sich die Artisten bei einem großen Feuer in der Mitte ihres Lagers und schlemmten, tanzten, sangen und feierten ausgelassen bis weit in die Nacht hinein.

15. KAPITEL

Am nächsten Morgen störte lautes Pferdegetrappel die Früh-
stücksruhe. Ein bewaffneter Reiter kam angestoben, blickte
sich entschlossen um und trabte dann zum Zelt des Zirkusdirek-
tors. Lange hörte man lautes Diskutieren. Alle waren gespannt,
welche Neuigkeiten zu erwarten waren.
»Ich weiß etwas, was ihr nicht wisst!« Achmed hatte sich ange-
schlichen. »Es geht schneller zum Maharadscha, als eigentlich
geplant. Die Tochter des Maharadschas, Prinzessin Tralala, ist
von einer tiefen Traurigkeit befallen. Der Reiter hat's erzählt.
Die Weisen und die Heiler des Hofes behaupten sogar, sie hätte
ihren Frohsinn ganz verloren. Und jetzt sucht der Maharadscha
im ganzen Land nach Gauklern, die die Prinzessin Tralala von

ihrer finsteren Krankheit befreien. Da unsere exquisite Truppe ja zweifelsohne einen exorbitanten Ruf genießt, hat er natürlich dabei an uns gedacht! Und wird uns, wenn es uns gelingt, mit Gold überhäufen.«

»Das ist ja hervorragend!«, jubelten Anabel und Anabelle.

»Gemach, gemach. So hervorragend ist es dann auch wieder nicht. Wenn wir es nicht schaffen, geben wir nämlich ein prächtiges Futter für seine Krokodile ab.«

Der berittene Bote blieb im Zirkuslager. Er musste darüber wachen, dass erstens niemand den Zirkus verließ sowie zweitens, dass alle so schnell wie möglich zum Maharadschapalast gebracht wurden. Alle versuchten, lustig zu sein und komische Kunststücke zu üben, aber im Grunde waren sie über diese Sache bedrückt und es wollte keine gute Stimmung aufkommen. Sogar Achmed blickte griesgrämig auf einen Fleck.

Gegen Mittag wurde zum Aufbruch gerufen und das Lager abgebaut. Die kommende Nacht, den vollen darauf folgenden Tag und die gesamte nächste Nacht ritten sie durch, nur von kurzen

Pausen unterbrochen, um die Kamele zu schonen. Sie schliefen, aßen und tranken im Reiten. Und waren alles andere als frohen Herzens – mit einer so ungewissen Zukunft vor Augen.

»Also – bei so einem herzlosen Vater wie dem Maharadscha würde mir das Lachen auch vergehen. Ist doch keine Art, andere so zu behandeln. Wie kommen wir denn dazu, für diese Trantüte den Kaspar zu spielen, und wenn's nicht klappt unterm Messer zu landen. Hätten wir ja gleich zu Hause bleiben können.« Anabelle konnte nicht mehr länger schweigen. »Jaja, Anabel. Ich hab's doch gleich gewusst. Wenn man einmal zum Braten bestimmt ist, wird man auch gegessen. Und ob das jetzt unser Bauer daheim ist oder ein Krokodil …«

»Ob sie schon Frühling haben?« Sie dachten an daheim, an die Blumenfelder und den frischen Duft des Frühlingswindes, an die ersten Bienen, die emsig um die Blüten schwirrten, um leckeren Honig zu machen.

»Aber schau, da vorn, Anabelle!« Vor ihnen lag Bamipur, die Hauptstadt des Maharadscha. Eigentlich war von der Stadt selbst ja noch gar nichts zu sehen, vor ihnen türmte sich wie eine Insel ein riesiger, aus einem einzigen Felsen bestehender Berg auf, der wuchtig aus der flachen und versteppten Landschaft ragte. An seinem Plateau schlängelten sich starke Wehrmauern und hoch darüber thronte mächtig der uneinnehmbare Palast des Herrschers. »Schaut ja nicht allzu einladend aus.«

Eine steile Straße zog sich den Hang hinauf, bis zu einem riesigen steinernen Torbogen, vor dem Wächter in blinkenden Panzerhemden patrouillierten. Ganz oben, im Gewölbe des Tores, schienen schwarze traubenartige Bündel zu hängen. »Chiroptera, wie der Lateiner sagt. Oder einfach Fledermäuse«, erklärte Achmed. »Keine Angst, die sind völlig friedlich. Aber die Stadt scheint sich verändert zu haben. Früher war alles hier irgendwie … freundlicher.«

Die Tore knarrten, mächtige, mit Eisen beschlagene Flügel öff-
neten sich. Ihr berittener Begleiter wechselte mit dem befeh-
lenden Torwächter ein paar Worte und die Karawane wurde in
die Stadt geleitet.
Auch auf der Straße schien eine drückende Stimmung zu herr-
schen. Keine Kinder tollten herum, keine Hunde sonnten sich
am Straßenrand und nicht eine Kuh war zu sehen.
»Ich weiß nicht, ich weiß nicht. Gefällt mir gar nicht mehr,
dieses Bamipur«, murmelte Achmed und zog seinen Turban tief
in die Stirn.

Was Achmed nicht wissen konnte: Der Maharadscha – seit jeher weithin von allen als gütiger, gerechter Herrscher gelobt und gemocht – war schon sehr alt und hatte die Regierungsgeschäfte mehr und mehr seinem Verwalter Rabumbo übergeben. Der presste aber das Land aus, um das zu Unrecht erbeutete Vermögen in seinen eigenen Geldsäckel zu stopfen. Den Maharadscha, der den Palast schon etliche Jahre nicht mehr verlassen hatte, ließ er in dem Glauben, alles sei in bester Ordnung und das Volk sei guter Dinge. Alles in allem war das natürlich nicht der Ort, an dem einem übermütige Späße locker von den Lippen rutschten. Man führte sie höflich, aber bestimmt in den Empfangssaal.

Nachdem ihnen ein Zimmer zugewiesen worden war, stürzten Anabel und Anabelle ins frisch gemachte Bett. »So weich hab ich schon ewig nicht mehr gelegen.« »Noch nie«, antwortete Anabel. Erst jetzt bemerkten sie, wie müde sie eigentlich waren.

16. KAPITEL

Fest hatten sie geschlafen, fest wie die Steine, doch schon blinzelte die Sonne in den Raum. Vor ihnen, auf einem hübsch geschnitzten Tischchen aus duftendem Rosenholz stand ein dampfender Kessel mit süßem würzigen Milchtee. »Das riecht lecker!« Anabel sprang aus dem Bett. »Da schaut ja alles gleich viel freundlicher aus.« Die Tür ging auf, Achmed kam herein. »Ich hab einiges rausgekriegt. Wenn's mich auch meinen ganzen Weihrauch gekostet hat.«

»Erzähl, Achmed!« Die beiden waren gespannt.

Und so erzählte er ihnen von den Zeiten, als der Maharadscha noch die Geschicke des Landes leitete und wie es dazu gekommen war, dass Rabumbo die Fäden in die Hand bekam. Er schilderte, wie der Verwalter die Bevölkerung ausnahm, und dass er den Maharadscha überredet hatte, ihm die Hand Tralalas zu versprechen. Das war auch der Grund, warum diese so traurig war, obwohl sie ihrem Vater, den sie sehr liebte, niemals die Abneigung gegen Rabumbo gestanden hatte. Und, so schloss Achmed, mittlerweile litten auch jene, die ihr Leben lang treu zu ihrem alten Herrscher gestanden hatten, große Angst, Rabumbo könnte bald endgültig zur Macht über ganz Bamipur gelangen.

»Na, das ist ja eine Geschichte. Wo hast du denn die rausbekommen?«, fragte Anabel.

»Kann ich nicht verraten. Es gibt noch immer viele Getreue im Palast. Aber man muss vorsichtig sein: Rabumbos Leute sind überall. Übrigens: die Vorstellung ist morgen. Ihr solltet euch aber nicht allzu viele Sorgen machen. Das mit den Krokodilen ist nur so eine Sache von Rabumbo. Der alte Herrscher kennt uns und mag uns gern. Er würde uns niemals etwas zu Schaden kommen lassen.« So beruhigte Achmed die Gans und die Ratte

– obwohl er für sich vermutete, dass der gemeine Verwalter den Maharadscha schon allzu sehr in seinen Händen hatte. Was das für sie bedeutete, wollte sich Achmed gar nicht erst ausmalen.

»Komm, schaun wir uns einmal die Stadt an!« Anabel war schon unternehmungslustig. »Von den Zinnen der Türme hat man sicher einen großartigen Ausblick!«

Das stimmte auch. Weit trug sie der Blick ins Land hinaus, ganz ferne konnten sie den glitzernden Indus erkennen, jenen Fluss, über den sie vor Tagen in dieses geheimnisvolle Land gekommen waren. Über ihnen zogen zwei Geier ohne den geringsten Flügelschlag weite Kreise in den azurblauen Himmel und hoch im Norden konnten sie die schneebedeckten Gipfelketten des Himalayas sehen.

»Ein traumhaftes Plätzchen«, seufzte Anabelle. »Wenn bloß die Leute hier ein bisschen besser drauf wären.«

»Denen werden wir ihr Trübsal schon ausblasen«, lachte Anabel und klopfte ihrer Freundin auf den Rücken. »Ich glaube, wir sollten ohnehin langsam zu den Proben.«

Ihr Zelt mussten sie hier nicht aufstellen. Es gab einen riesigen Saal, verziert mit kunstvollen Steinmetzarbeiten und Schnitzereien, in dem genug Platz war, fünf Zirkusse gleichzeitig auftreten zu lassen. Zwischen zwei gewaltigen goldenen Kronleuchtern hatten Piz und Pazov ein Seil gespannt, auf dem sie behende mit ihrem Einrad herumradelten.

Anabel übte ihren neuesten Trick; mit einer eingesprungenen Pirouette setzte sie auf die rotierende Schwanzspitze auf, um wie ein Kreisel durch die Gegend zu schwirren. Anabelle dagegen legte sich wieder aufs Ohr. Sie hatte bei ihrer Nummer ja ohnehin nichts zu proben. So ging auch dieser Tag vorüber und alles wartete gespannt auf den nächsten.

Zu Mittag war die gesamte Zirkusmannschaft beim Maharadscha und seiner Tochter zu Gast. Auf einer großen Tafel wurde in silbernen Schalen mehr und Fremdartigeres zum Mahl gereicht, als man sich nur ausmalen konnte. Duftende Reisgerichte gab es, Spezialitäten aus allen Ecken des mit Spezifitäten gesegneten Landes, tropische Früchte in Hülle und Fülle sowie Süßspeisen, bei denen man nur mit der Zunge schnalzen konnte. Besonders der Pudding, der mit echtem Blattgold verziert war, hatte es Anabel angetan, während Anabelle nicht von den vielerlei Soßenvariationen lassen konnte und immer wieder eine neue Geschmacksrichtung entdeckte. Die Prinzessin saß mutterseelenallein am oberen Ende der Tafel.

»Schaut ja nett aus, das Mädchen. Viel Freude dürfte sie allerdings wirklich nicht haben. Wie die aus der Wäsche schaut...«, bemerkte Anabel.

Schließlich, als alle zu Ende gespeist hatten, klatschte der Maharadscha zweimal in die Hände und flugs erschien eine große Dienerschar, die das Tafelsilber wieder abräumte und für einen sauberen Tisch sorgte. Dann zogen sich der Maharadscha und seine Tochter zurück. Auch die Zirkusleute verließen die Tafel, um sich auf die Abendvorstellung vorzubereiten.

Als sie dann in den großen Saal einzogen, war dieser wie auf wundersame Weise verwandelt. Überall standen goldene Kerzenleuchter und die Wände waren mit breiten farbigen Bändern geschmückt. Alles funkelte und der Boden blitzte, als wäre er aus reinem Kristall. Am atemberaubendsten aber war die Decke des Saales. Ein riesiges tiefblaues Seidentuch war da gespannt, über und über mit Edelsteinen bestickt, die wie gleißende Sterne blinkten. Anabel und Anabelle wurde bei dieser Pracht schwummrig vor Augen.

»Das Einzige, was mich hier stört, ist, dass wir unser Publikum kaum sehen«, meinte Anabelle.

Und in der Tat war der Saal so ausgeleuchtet, dass nur der freie und als Manege dienende Platz in der Mitte zu sehen war. Der restliche Raum verlor sich wie eine dunkle, geheimnisvolle Welt.

Zuerst hielt Achmed seine berühmte Begrüßungsrede, es wollte aber noch keine richtige Stimmung aufkommen. Als nächstes kam die Nummer mit Piz und Pazov.

So sehr sich die beiden Bären auch Mühe gaben: ihre Vorstellung, bei der sie zuletzt sogar am fahrenden Hochrad kopfstehend vierstimmig sangen – zu zweit! – selbst diese Darbietung konnte kein glockenhelles Lachen aus der Kehle der Prinzessin zaubern.

Dann folgte Gustave, der mit seinen lahmen Kunststücken ohnehin niemanden hinter dem Ofen hervorlocken konnte, dann Gurka gemeinsam mit Gustave und schließlich kam Anabel an die Reihe.

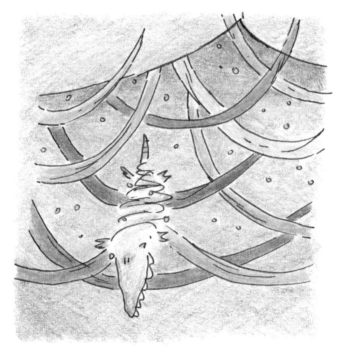

Sie hüpfte und turnte, rotierte durch den halben Saal und schlug fünfeindreiviertelfache Saltos, dass man denken konnte, sie wäre schwerelos. Erschöpft und erfolglos gab sie schließlich auf.

Ein Trommelwirbel setzte ein, dann ein Knall, und Wusch! flog die Gans als lebende Kanonenkugel durch die Luft. Da sie sich bei diesen irritierenden Lichtverhältnissen überhaupt nicht orientieren konnte, flatterte sie eine kurze Runde und ließ sich dann bei den Ehrengästen nieder, genauer gesagt beim schlimmsten aller Ehrengäste, sie verfing sich mit ihren Beinen ausgerechnet in den schwarzen Locken des Reichsverwalters Rabumbo. Zum allergrößten Schreck der Anwesenden löste sich dessen Haar und Anabel kugelte mitsamt der Perücke des ungeliebten Verwalters zu Boden.

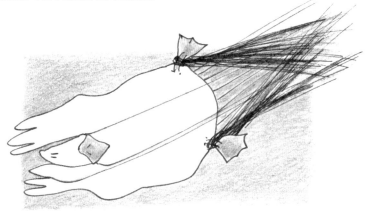

Bei diesem Anblick hellauf loszukichern war für die Prinzessin unvermeidlich. Endlich hatte sich der Bann gelöst, Tralala hatte ihr Lachen gefunden. Anabelle wälzte sich noch immer am Boden und kämpfte wie wild mit dem Haarteil, das sie nicht mehr loszuwerden schien. Der Verwalter wurde puterrot. Schließlich prustete auch der Maharadscha los und am Ende bebte der ganze Saal vor Lachen. Der Verwalter zog bebend und mit hasserfüllten Blicken Richtung Anabelle ab. Mit tränenfeuchten Augen winkte Puribam die Hausgans zu sich.

»Sag einmal, woher kommst du? Du bist ja eine Nummer! Darf ich vorstellen: Meine Tochter, Ihre Hoheit zu Pamipur, Prinzessin Tralala.« Die Prinzessin grinste Anabelle an. »Komm, nimm Platz. Du bist heute mein ganz besonderer Staatsgast.« Und die Gans erzählte von ihrer Heimat, von der Reise und vergaß dabei nicht, alle ihre neuen Freunde und besonders natürlich Anabel immer wieder lobend herauszustreichen.

Während sie sich königlich amüsierten, sann der Verwalter auf Rache. »Ich hab's ja gleich gewusst, dieser Zirkus ist eine vermaledeite Sache. Aber der Alte und seine Tochter werden mich erst noch kennen lernen … « So grummelte er, während er in seinem Gemach unruhig auf und ab schritt.

17. KAPITEL

Die Prinzessin war wie ausgewechselt, sie gestand ihrem Vater schließlich sogar, wie wenig sie Rabumbo leiden konnte. Auch aus der Dienerschaft nahmen sich so manche ein Herz und deuteten dem Maharadscha an, wie es sich mit seinem Verwalter wirklich verhielt.

»So was aber auch. Mir scheint, ich hab mich in letzter Zeit wohl zu sehr auf mein Zipperlein konzentriert. Ich sollte die Zügel wieder fester in die Hand nehmen.« Die Augen der Prinzessin glänzten. So hatte sie ihren Vater am liebsten. »Jetzt lasst uns aber fröhlich sein. Feiert, Freunde!« Anabelle war stolz auf sich, obwohl sie eigentlich gar nicht genau wusste, wie ihr geschah.

In der Zwischenzeit, tief in einer dunklen Kammer des weit verzweigten Kellersystems, rief Rabumbo seine Handlanger zu sich. Die Verschwörer tuschelten, beratschlagten und ersannen schließlich einen finsteren Plan, um Rabumbos Ehre wieder herzustellen. Was wäre geeigneter, als der Prinzessin das Leben

vor »finsteren Mordsgesellen« zu retten? Wem sie den Plan, die
Prinzessin zu ermorden, in die Schuhe schieben wollten, war ja
wohl klar: Das Komplott gegen Anabelle war damit bereits ge-
schmiedet.

Viele Meter darüber im Festsaal ging inzwischen das rauschende
Fest seinem Ende entgegen. Anabelle und die Prinzessin hatten
lange geplaudert und verstanden sich prächtig. Von Rabumbo
ahnten die beiden nichts. Als sie übersatt und müde waren,
zogen sich Anabel und Anabelle zurück.

»Na, das war ein Tag. Ich hätte mich ja zerkugeln können, wie
du auf Rabumbo gelandet bist. Obwohl ich ehrlich gesagt nicht
glaube, dass er deine Aktion auch so spaßig findet.«

»Ach was, Anabel. Die Prinzessin ist furchtbar nett. Und dem
Maharadscha haben wir die schönste Freude gemacht, die er
sich denken konnte. Was soll uns schon passieren. Für morgen
sind wir beide übrigens zu einem Ausflug eingeladen. Wir be-
gleiten den Maharadscha und Tralala zu einem Picknick auf
der Insel eines nahen Sees. Gegen zehn fahren wir ab.« Ein

Schatten glitt am Fenster vorbei. Jemand hatte ihr Gespräch belauscht, ohne dass die beiden etwas davon bemerkten.

»Bin ich müde. Gute Nacht, Anabel.« »Gute Nacht, Anabelle«, erwiderte die Ratte.

Zum Frühstück brachte man duftende Reiskuchen und ein fruchtiges Getränk aus Bananen und Joghurt. »Iss nicht zu viel, Anabelle«, scherzte die Ratte. »Wir bekommen heute sicher noch ganze Berge von Spezifitäten.«

Bald waren sie fertig. Noble Kleider lagen für sie da, bestickt und mit Purpur, Safran und Indigo gefärbt. Obgleich sie den Luxus zwar weder gewohnt waren, noch für notwendig hielten, fanden sie, dass ihnen der Aufzug doch recht gut stand und – vor allem – den Sitten des Hofes entsprach. In einer offenen Kutsche rollte die lustig bunte Gruppe übermütig zum Ufer des Sees. Anabel stieg mit dem Maharadscha in ein Boot, Anabelle mit der Prinzessin in ein anderes und in einem dritten folgten die Leibwächter mit dem überquellenden Picknick-Korb. Im vierten Boot folgten schließlich Harfenspieler und Prinzessin Tralalas Erziehungsdame, eine alte Jungfer, die ständig um Tralala herumscharwenzelte und sich immerfort aufregte oder wichtig machte. Die Prinzessin und die Gans beobachteten sie, wie sie wild gestikulierend in das wackelige Boot stieg. »Sag, warum ist eigentlich deine Mama nie zu sehen?«, fragte Anabelle. »Die ist im Himmel, Anabelle. Ich kenn sie nur von den Bildern im Palast. Aber eins weiß ich: sie hat hundertzwanzigmal netter ausgesehen als die lästige Gouvernantentante.«

Mit sanftem Blick nahm Anabelle die Prinzessin in die Flügel. Schließlich legten sie ab. Sie mussten selbst rudern, um zu einer kleinen, üppig bewachsenen Insel in der Mitte des Sees zu gelangen. Auf einem hübschen Platz auf einer sonnigen Wiese stand ein kleiner Pavillon mit geschwungenem Dach, von blühenden Sträuchern umgeben, direkt am Ufer des plätschernden

Sees. So schaukelten sie vergnügt und gedankenlos dahin, doch mit einem Ruck wurden sie plötzlich von einer seltsamen Kraft – es konnte keine Welle sein – hochgestemmt. Das Boot wackelte, kippte, und bevor sie auch nur wussten, wie ihnen geschah, stürzten sie schon kopfüber in den See.

Anabelle fand sich gerade wieder im Wasser zurecht – und sah die prustende Prinzessin, die, weil sie nicht schwimmen gelernt hatte, aufgeregt mit den Armen ruderte und hilflos nach Luft rang. Sofort schoss Anabelle zu ihr, doch sosehr sie sich auch abmühte und anstrengte, sie konnte das viel schwerere Mädchen nicht festhalten.

Trotz Einsatz all ihrer Kräfte entglitt ihr Tralala und versank in den Fluten.

Einer aus Rabumbos Leibwächtergarde hatte die Prinzessin stürzen gesehen.

Mit einem Hechtsprung und einigen kraftvollen Zügen schwamm er zur Stelle, an der das Unglück passiert war, tauchte unter und kam nach einigen bangen Sekunden – das reglose Kind in seinem Arm – wieder zur Oberfläche. Schnell schwamm er mit Tralala zum Ufer der Insel und legte sie auf die Wiese. Die anderen Boote waren auch sogleich eingelangt und ein heilloses Tohuwabohu herrschte.

»Um Himmels willen!«, klagte der Maharadscha. »Hören denn die Unglücke niemals auf.« Schluchzend warf er sich zu Boden.

Als schließlich auch die erschöpfte Gans die Wiese erreicht hatte, eilte sie sofort zur Prinzessin, die eben erst den Atem wiedergefunden hatte. Der andere Leibwächter packte sie am Flügel. »Halt, Gans. Ich habe dich dabei beobachtet, wie du ihre Hoheit, Prinzessin Tralala, ins Wasser gestoßen hast!«

Anabelle riss erschrocken die Augen auf und stammelte, fand aber auf diese unglaubliche Behauptung keine Entgegnung.

Der alte Herrscher runzelte die Stirn und sah ihr tief in die Augen. »Das ist eine schwere Beschuldigung, Gans. Wir müssen dich leider festnehmen. Ergreift sie und führt sie ab!« Die beiden Soldaten führten sie ab und ruderten mit Anabelle ans Festland.

Das Picknick wurde sofort abgebrochen. Der Maharadscha selbst legte Tralala, die zwar atmete, aber nicht zu Bewusstsein gelangt war, in ein Boot. Ernst ruderte die Gesellschaft zurück.

Am Ufer, für alle versteckt, grinste ein listiges Augenpaar. »Gut, gut, gut... Du hast dir deinen Lohn verdient. Sehr gut hast du sie versenkt. Bist wirklich ein ausgezeichneter Taucher.«

Mit diesen Worten drückte Rabumbo seinem ruchlosen Helfer einen schweren Beutel mit Goldtalern in die noch triefende Hand.

18. KAPITEL

In Windeseile verbreitete sich die Nachricht von dem Attentat, das Anabelle auf die Prinzessin verübt haben sollte, in der ganzen Stadt. Eine aufgeregte Menge rüttelte an den Gittern des Gefängnistores und verlangte schreiend nach Einlass, um die Gans zu steinigen. Anabelle bekam von alledem aber nicht viel mit. Sie lag gefesselt und zitternd vor Angst tief unten im Kerker.

Rabumbo schritt, eine lodernde Fackel in der Hand und sichtlich seine Macht genießend, bedächtig vor ihr auf und ab.

»Na, Gänschen, freust du dich schon auf deine gerechte Strafe?«, zischte er. »Jetzt wirst du aber schön dafür bezahlen, andere zu blamier... – ähmhm, der Prinzessin nach dem Leben zu trachten.« Anabelle bebte. Der verschluckte Halbsatz Rabumbos machte ihr klar, welchem feigen Komplott sie zum

Opfer gefallen war. Und auch, und das war noch viel bitterer, dass sie keine Möglichkeit hatte, jemandem die Wahrheit anzuvertrauen und so Hilfe zu erlangen.

»Jetzt denk einmal nach über deine Schlechtigkeit! Du kannst ja genug nachdenken hier, keiner wird dich stören – außer vielleicht, wenn wir dich holen, um dich lebend zu rösten. Oder willst du lieber geviertelt werden?« Mit einem schrecklich hallenden Lachen verließ er sie schweren Schrittes. Das Echo ließ die Mauern erbeben. Anabelle sank zu Tode verzweifelt in ihre Fesseln, hoffnungslos sah sie ihr bitteres Ende auf sich zukommen.

Viele Meter darüber, in ihrem Zimmer, schritt zur selben Zeit Anabel unruhig auf und ab. Achmed war bei ihr.

»So und jetzt erzählst du mir die ganze Geschichte nochmals in aller Ruhe von vorn. Versuch dich an wirklich alles zu erinnern!« Anabel konnte aber nicht viel mehr erzählen, als sie ohnehin schon gesagt hatte, denn in gerade jenem vermaledeiten Augenblick, als das Unglück geschehen war, war sie in ein Gespräch mit dem Maharadscha verwickelt gewesen. Hätte sie sich bei Anabelles Festnahme für ihre Freundin eingesetzt, wäre sie darüber hinaus als ihre Komplizin bloß auch noch festgenommen worden. Dann hätte sie noch weniger helfen können, als dies schon jetzt der Fall war. »Ich weiß nur eines: Die einzige Hoffnung, die wir haben, ist die Prinzessin selbst. Ich hoffe, sie kommt bald wieder zu sich und kann sich dann an den Vorfall genau erinnern. Ich lege meinen Schwanz dafür ins Feuer, dass Anabelle das Opfer einer bösen Intrige ist.«

»Ja, Anabel. Und ich habe auch einen starken Verdacht, wer hinter dieser ganzen Sache steckt.« Achmed trat zur Tür und lugte hinaus, aber niemand war zu sehen. »Ich denke, Rabumbo steckt dahinter. Er ist gemein und rachsüchtig. Und hat den gestrigen Vorfall Anabelle wohl kaum verziehn.«

»Aber was sollen wir denn bloß tun?«

»Es gibt eine Möglichkeit, Anabelle zu befreien. Ich hab da mit ein paar alten Freunden gesprochen. Das darf aber erst unser letzter Versuch sein, denn es könnte ganz schön gefährlich werden. Vorerst müssen wir aufpassen. Man behält uns sicher besonders wachsam im Auge. Bis die Sache aufgeklärt ist, kann ohnehin keiner von uns die Stadt verlassen. Wir müssen jetzt ruhig und gefasst abwarten. Mehr können wir fürs Erste nicht tun.«

Anabel konnte sich nicht beruhigen. Sie wusste, ihre Freundin, mit der sie doch so viel erlebt hatte und auf die sie sich immer verlassen konnte, schmachtete im Kerker und war bitter auf ihre Hilfe angewiesen. So beschloss sie, die Prinzessin heimlich selbst aufzusuchen. Natürlich durfte Rabumbo – aber auch Achmed – davon nichts mitbekommen.

Bis tief in die Dunkelheit wartete die Ratte, bis sie auf leisen Sohlen gegen Mitternacht aus ihrem Zimmer schlich. Vorher hatte sie noch ein Bündel Decken in ihrem Bett arrangiert, damit die Wächter vom Fenster aus ihr Fehlen nicht bemerken konnten. Schnell huschte sie über den Gang, bei einem offenen Fenster hinaus und gelangte schließlich auf einen breiten Mauersims, wo sie bequem laufen konnte.

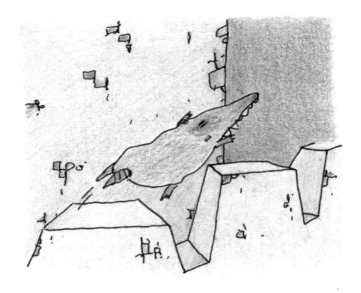

Unter ihr, am Fuße des Berges, brannten die Lagerfeuer der Hirten, und weit oben leuchtete das Fenster im Turmzimmer der Prinzessin. Es war also jemand bei ihr und wachte. Weiter ging die Kletterei am Mauerwerk hinauf. Mit kräftigen Sätzen hantelte sie sich an den Verzierungen der Fassade hoch, Stock um Stock, bis sie in das Zimmer von Tralala lugen konnte.

Da lag sie, in einem großen Himmelbett, und sowohl der Maharadscha als auch ihre Anstandsdame saßen bei ihr und betrachteten ihr Gesicht. Sie schien fest zu schlafen.

»Ich kann es noch immer nicht glauben, was diese Gans ihr fast angetan hätte…«, hörte Anabel den Herrscher seufzen. »Sie hat so unschuldig gewirkt. Aber wenn das alles wahr ist, was man über sie erzählt...« Die Anstandsdame ereiferte sich: »Naja, diese Fremden. Ich hab doch immer gesagt, man sollte sie nicht hereinlassen in unsere Stadt. Wer braucht schon dieses Gesindel? Was ich immer sage: Je ausgelassener eine Feier ist, umso mehr Unheil kommt dabei heraus...«

»Sie können uns jetzt alleine lassen, Gouvernante. Ich bleibe noch eine Weile alleine bei meiner Tochter.« Und er hielt die Hand seines Kindes fest umschlossen, während die Hofdame sich zurückzog.

Kaum war die Tür zu, schlug Tralala die Augen auf. Ihr Vater schreckte auf. »Mein Kind, du bist wach?«, stammelte er.

»Ja, eine ganze Weile schon. Ich wollte nur die Augen nicht aufmachen. Dann wäre sie ja nie gegangen.« Sie fiel ihrem Vater in die Arme. »Habe ich lange geschlafen?«

»Lange, Tralala, und fast hätte ich schon gefürchtet, du wachst überhaupt nicht mehr auf.«

Der Ratte auf ihrem Sims kamen bei dieser berührenden Szene die Tränen. Sie wischte sich mit den Pfoten über die nasse Schnauze, verlor aber dabei das Gleichgewicht. Mit schrillem Quieken taumelte sie nach hinten, konnte sich aber gerade noch am Fenstersims festkrallen. Gleich war der Maharadscha zur Stelle, sah die baumelnde Ratte, packte sie am Genick und stellte sie im Zimmer vor sich auf den Boden.

Anabel warf sich vor ihm auf die Knie und zitterte. »Hören Sie
mir zu, Maharadscha! Ich weiß, die Situation sieht nicht danach aus, aber ... «

»Ruhig, Ratte. Du gehörst also auch zu den Verrätern! Man
muss euch alle sofort einsperren lassen! Weshalb trachtet ihr
meiner Tochter nach dem Leben?«

»Aber Vater!«, die Prinzessin richtete sich im Bett auf. »Hör sie
doch erst einmal an. Vielleicht hat sie uns ja was Wichtiges zu
sagen!«

Und so erzählte die Ratte von Anabelle, vom Vertrauen auf
ihre Unschuld und von ihrem Verdacht gegenüber Rabumbo.

Der Maharadscha drehte sich zu seiner Tochter. »Und was sagst
du jetzt dazu? Du bist schließlich am allermeisten davon betrof-
fen, um dich geht's ja bei dieser ganzen Geschichte.«

»Ich glaube, sie hat Recht. Erstens kann ich mich nicht daran
erinnern, von Anabelle gestoßen worden zu sein, sie hat mir
doch im Gegenteil nach Leibeskräften helfen wollen. Und wir
haben uns ja gestern prächtig verstanden, zum ersten Mal hatte
ich das Gefühl, eine Freundin zu haben. Und was Rabumbo
betrifft: Ich denke, du vertraust ihm schon viel zu lange blind.
Ich selbst war mir oft nicht mehr sicher, ob die Diener jetzt dir
gehorchten oder ihm. Bleibe ruhig, Papa. Aber denk genau

darüber nach und fälle kein hastiges Urteil, so, wie du es auch früher nie getan hast.«

Anabel warf Tralala einen dankbaren Blick zu. Und während der Herrscher tief angestrengt nachdachte, zwinkerte ihr diese zurück.

»Kehr in dein Zimmer zurück, Ratte, und erzähle niemandem von unserem Gespräch«, wandte sich der Maharadscha an Anabel. »Morgen ist ein neuer Tag. Fürs Erste will ich dann einmal dafür sorgen, dass unserer Gans ihr Aufenthalt etwas erleichtert wird.«

So schlich Anabel aufatmend zurück und kuschelte sich fröstelnd in ihre Decken.

19. KAPITEL

Noch in derselben Nacht begab sich der alte Herrscher selbst in das Burgverlies und befreite Anabelle von ihren Qualen. Anabelle hatte das auch bitter verdient. Am Boden zerstört lag sie da, ohne auch nur zu einer Sekunde Schlaf gekommen zu sein, und dachte an nichts anderes, als dass, kurz nachdem die Sonne aufsteigen sollte, ihr letztes Lebewohl käme.

Der Maharadscha entschuldigte sich. »Es tut mir Leid, Anabelle. Wie konnte ich dir nur misstrauen? Es spricht allerhand dafür, dass man mich seit längerem hinters Licht führt. Aber, wenn es dir ein Trost ist, du, liebe Gans, kannst stolz von dir behaupten, der Stein des Anstoßes zu sein, dass der Herrscher von Bamipur wieder das Regieren in die Hand nimmt, um seinem Volk die Freiheit zurückzugeben.« Anabelle war weit davon entfernt, auch nur irgendetwas stolz von sich behaupten zu wollen. Sie war todmüde und vollkommen erledigt. Ihr ganzer Körper schmerzte von den schneidenden Fesseln, die Rabumbo ihr angelegt hatte.

Der Maharadscha nahm sie zu sich in seine eigenen Gemächer und bettete sie weich und warm.

Es war kurz nach dem Frühstück – dem lecker gewürzten Milchtee mit den herrlichen Reiskuchen –, als eine Versammlung einberufen wurde. Von der Zirkustruppe waren ausschließlich Anabel und Achmed geladen. So schlenderten sie gemeinsam zum Saal, während Anabel ihrem Freund minutiös die Erlebnisse der letzten Nacht berichtete. Achmed kam aus dem Staunen nicht heraus. »Weißt du, nur gut, dass du mir gestern nichts erzählt hast. Ich glaube nicht, dass mir dein Plan besonders gut gefallen hätte.«

Sie waren etwas zu früh dran, doch nach und nach trudelten alle Zuseher und auch die Beteiligten ein, um dem Urteil über Anabelle beizuwohnen. Als jeder seinen Platz gefunden hatte, kehrte bald Ruhe ein. Vor ihnen, erhöht an einem marmornen Pult, saß vornübergebeugt der ehrwürdige Richter, ein hundertundein Jahre alter Mann in schwarzem Talar mit wallen-

dem weißen Bart und klugen, stechenden Augen. Die Türen
wurden aufgeschlagen. Anabelle wurde hereingeführt, in Fesseln. Diese waren ihr, wie Achmed als ehemaliger Entfesse-
lungskünstler bemerkte, nur lose angelegt, genau so, dass sie fest
wirkten, aber nicht schmerzen konnten. Anabel schielte nach
Rabumbo. Der starrte festen Blickes mitten in den Saal, genau
auf das Pult der Anklage. Er schien sich seiner Sache allzu
sicher zu sein.

Der Richter ergriff das Wort. »Erlauchte Prinzessin! Schildern
Sie, wie sie den schrecklichen Vorfall, über den wir hier zu
Gericht sitzen, erlebten.«
Tralala sprach von der Kutschenfahrt. Dass sie Spaß mit Anabelle hatte, wie sie auf das Boot gelangten und wie zuallerletzt
das Boot kippte und sie ins Wasser stürzte, wo Anabelle ihr zu
Hilfe kam, sie aber kurz darauf das Bewusstsein verlor. Nachdem sie ihre Erzählung beendet hatte, wechselte sie heimlich
mit der Hausgans ein paar freundschaftliche Blicke.
Wieder schaltete sich der Richter ein. »Nun gut, wir haben gehört. Was habt ihr dazu zu sagen, die ihr der ertrinkenden Prin-

zessin das Leben gerettet habt?«, wandte er sich an die Leibwächter, die unruhig warteten, bis sie an die Reihe kamen.

Rabumbo rutschte nervös auf seinem Sessel hin und her, während der erste der beiden zu sprechen anhob. »Ich sah, wie die Prinzessin stürzte, das ganze Boot drehte sich um. Sofort sprang ich ins Wasser, schwamm, so schnell ich konnte, zu ihr und konnte sie glücklicherweise auch retten.« Er verneigte sich und trat wieder einen Schritt zurück. »Nun zu dir«, fuhr der Richter mit scharfen Worten fort. »Du warst mit deinem Kameraden im selben Boot. Du behauptest, gesehen zu haben, die weiße Gans hätte unsere Thronfolgerin gestoßen?«

»Ja, Euer Ehren, ich … äh…«, stammelte der andere Leibwächter. »Warum stotterst du? Verheimlichst du uns vielleicht etwas?« Der Richter fixierte ihn mit seinen Adleraugen. »Nicht so richtig … also … ich meine … es war doch so weit entfernt, aber ich glaube schon, dass…«

»Du Narr!« Rabumbo war von seinem Stuhl hochgesprungen. Er konnte sich nicht mehr beherrschen. »Erzähl dem ehrwürdigen Richter, was du gesehen hast! Was diese abscheuliche Gans im Schilde führte!«

Alle Augen hefteten sich nun auf ihn, Rabumbo sah, dass er eine Riesendummheit begangen hatte.

»Mir scheint, unser Verwalter hat an der Verurteilung unserer Gefangenen ein recht reges Interesse. Was will er uns dazu sagen?«

»Ich bin nur am Schutz unserer Prinzessin interessiert, verehrter Richter. Die Schuldige muss sofort bestraft werden. Und zwar mit dem Tode.« Ein Raunen ging durch den Saal. Anabelle, die hilflos zusehen musste, wie über sie beraten wurde, zuckte zusammen. Doch der Richter behielt Ruhe, nichts konnte den alten Mann aus der Fassung bringen. »Ich denke, wir sollten nichts überstürzen«, sprach er weiter. »Heute, früh am Morgen, bekam ich Besuch. Ein Besuch, der uns allerhand erzählen kann. Ich rufe die Zeugin!« Wieder schwangen die Türflügel auf und eine ältere Frau trat in den Saal. »Sprecht!« Rabumbos geheime Träume von der alleinigen Regentschaft über das Reich zerplatzten mit einem Schlag. Die Zeugin, eine hoch angesehene Bürgerin der Stadt, erzählte, wie sie von ihrem Haus am Ufer des Sees aus beobachtet hatte, wie ein Taucher das Boot kippte, um dann, zurück am Ufer, von Rabumbo einen vollen Beutel zu erhalten. Sie hatte sich zufällig in der Nähe aufgehalten, als sie gerade ihre Blumenbeete inspizierte. Noch bevor sie ganz ausgesprochen hatte, brach der zweite Leibwächter in Tränen aus. »Die Frau hat Recht. Rabumbo hat mich gezwungen, für ihn zu lügen. Er hat meine Familie in seiner Gewalt!!«

Rabumbo sprang von seinem Stuhl auf und zur Tür hinaus. Er rannte, die Torwachen zur Seite stoßend, hinaus auf den Marktplatz und sah sich hastig um. Von Soldaten verfolgt, flüchtete er sich keuchend über die Steintreppen, hinauf auf den höchsten aller Türme.

Die Garde hatte ihn schon beinahe erreicht, da stellte er sich, mit schrecklich verzerrtem Gesicht, auf den Mauersims, taumelte mit einem Ruck nach hinten und stürzte mit rudernden Armen und markerschütterndem Schrei in die schwindelnde Tiefe.

Einige Zeit danach hallte ihnen der Schrei noch immer in den Ohren. »Der tut keinem mehr etwas an«, murmelte Achmed.

»Ja. Kein schönes Erlebnis, trotz alledem. Aber wenigstens hat er sich selbst sein Ende gesucht. Niemand hat sich wegen dem Schurken die Finger schmutzig machen müssen. Komm, befreien wir erst einmal Anabelle«, erwiderte Anabel, und sie gingen zur Gans und streiften die Fesseln zu Boden. Dann hoben sie sie hoch auf ihre Schultern.

»Hoch Anabelle! Hoch!! Hoch!!«, jubelte es von überall. Der Maharadscha bat um Ruhe. »Meine Bürger! Ich verkünde, dass die tapfere Gans, die mir die Augen geöffnet und unserem Land einen so unschätzbaren Dienst erwiesen hat, eine besondere Ehrung erhält. Ich erhebe sie hiermit in den höchsten Stand, in den eine nicht in unserer Stadt Geborene erhoben werden kann. Sei geehrt, Anabelle, die Weiße, bekannt ab heute als oberheilige Patronin von Bamipur.«

Achmed und Anabel rissen die Augen auf, während Anabelle vor Schreck nach hinten umfiel.

»Jetzt ist unsere Anabelle eine Heilige. Weil sie – versehent-
lich, wohlgemerkt! – erstens mit einer Perücke balgte und
zweitens in einen Tümpel geschmissen wurde. Du kannst sagen,
was du willst, Achmed, aber dieses Indien werde ich niemals
verstehen.« Bei diesen weisen Worten der Ratte nickte die er-
habene Wüstenspringmaus und bestätigte: »Die Wege Allahs
sind unergründlich … «
Jedenfalls – alle drei waren über alle Maßen erleichtert, dass
dieses Abenteuer so unerwartet und so glücklich geendet hatte.

20. KAPITEL

Volle zwei Wochen waren vergangen, Anabel und Anabelle
fühlten sich wie die Maden im Speck. Aber irgendwie, trotzdem,
oder gerade weil es ihnen so gut ging, dachten die beiden schon
wieder dran, loszuziehen. »Weißt du, Anabel, ich glaube, ich
habe jetzt genug von Königen, Edelsteinen und so weiter. Ich
kann auch keine Spezifitäten mehr sehen. Tralala ist eine liebe
Freundin geworden, sicher, aber doch kein Vergleich zu einer
Freundin wie dir. Mit dir kann man jede Menge Unsinn machen

und im Schmutz herumtollen – aber Trálala führt halt doch ein anderes Leben. Und – mit meiner Heiligkeit ist es wohl auch nicht allzu weit her. Ich habe in meinem Leben noch nicht eine Sekunde meditiert, von Erkenntnis ist da echt keine Spur ... «

So beratschlagten sie, was sie denn tun wollten. Natürlich hätten sie hier für immer und ewig ausgesorgt. Aber das war einfach überhaupt nicht das, was sie wollten. Mit Kieselsteinen konnte man auch nicht schlechter murmeln als mit Rubinen, und zu erleben gab es hier nicht viel, wenn man den Palast erst einmal gesehen hatte. Der Zirkus war schon vor zwei Tagen weitergezogen, es gab ein Abschiedsfest, bei dem sie sich besonders mit Achmed ein Wiedersehen schworen. Sie konnten ihm ja noch nacheilen, wenn sie wollten. Aber sie sehnten sich nach dem Meer und nach ein paar ruhigen Wochen unter einer schattigen Kokospalme. Und danach – eventuell – sogar ein Stündchen oder zwei zu meditieren.

Also packten sie ihre sieben Sachen. Sie hatten alle Habseligkeiten auf dem Bett ausgebreitet und Anabelle ging noch einmal sorgfältig die ganze Liste durch, was jedoch nicht allzu lange dauerte, denn viel hatten die beiden ja nun wirklich nicht bei sich.

Anabel lag am Diwan, die Pfoten hinterm Kopf verschränkt und die Beine weit ausgestreckt. Verträumt blickte sie zur Decke. »Das Meer, Anabelle ... Bald sind wir wieder am Meer. Weißt du, mir ist, als wäre ich schon Jahre nicht mehr am Ozean gewesen. Wenn man einmal Seeluft geschnuppert hat, lässt es einen nicht mehr los ... « Und es war, als hörte sie, viele viele Meilen entfernt, das spitze Gellen der Möwen, die einander spielerisch nachjagten, hoch über den schäumenden Wellen der sich brechenden Gischt.

»Schlafrolle? Haben wir. Schnur? Ist da«, beantwortete sich die Hausgans selbst die Fragen zu ihrer Bestandsaufnahme.

Als sie schließlich ganz sicher war, dass aber auch nicht das Allergeringste fehlte, schnürte sie das Bündel, legte es sauber in die Mitte des Bettes und setzte sich zu der Ratte. »Ja, ich freu mich auch schon auf einen kleinen Strandurlaub. Haben wir uns aber auch bitter verdient, nach alldem, was in letzter Zeit so geschehen ist.« Und wie ein Schatten zog die Erinnerung an Rabumbos Sturz in die Tiefe durch ihren Kopf. Dann sah sie zum Fenster hinaus, die Sonne blinzelte durch die Vorhänge, und sie schöpfte wieder Mut. Die Ratte hüpfte vom Diwan. »Komm, gehen wir zu Tralala. Wenn wir's nicht jetzt tun, dann tun wir's nie.«

Sie klopften an die Tür zum Gemach der Prinzessin. Die beiden Wächter flankierten versteinert das schwere Eichenportal. Tralala rief: »Ja, wer ist da?«

»Wir sind's Tralala, Anabel und ich!« Flugs wurde die Tür geöffnet. Tralala war gerade beim Musikunterricht. Ein alter Mann mit Ziegenbart und einem schwarzen Turban klopfte noch mit einem Stäbchen auf ein merkwürdiges Instrument, das irgendwie einem Klavier ähnelte. »Ta tamm tammm tamm, da tamm ta ta tamm. So geht's, Prinzessin. Alles ist ein Frage

des Taktes. Und der richtigen Intonation, erlauchte Tochter des gütigen Herrschers. Wollen wir es noch einmal versuchen?«
»Nein, wir wollen nicht«, erwiderte das Mädchen schnippisch, während sie sich den beiden zuwandte. »Na, was macht ihr denn da? Habt ihr Lust, ein bisschen mitzusingen? Oder soll uns der Hofkapellmeister ein kleines Liedchen spielen, und wir tanzen eine Runde?« Der Kapellmeister verzog, kaum merkbar, verächtlich seinen Mund. Das was das, was er am wenigsten mochte: Tanzmusik spielen und dem Gehopse zuzusehen. Für ihn war Musik eine ernste Sache. »Keine Angst, Hofkapellmeister«, kicherte Tralala, »Sie können uns jetzt alleine lassen. Wir machen morgen weiter mit unserem tammtamm.« Der Meister verbeugte sich kurz und schritt, die Noten fest unter den Arm

geklemmt, steif aus dem Prinzessinnenzimmer.

Noch immer standen Anabel und Anabelle wie angewurzelt im Raum. Sie wussten wirklich nicht, wie sie der Prinzessin ihr Vorhaben beibringen sollten. Anabelle räusperte sich. »Du, Tralala – es ist wirklich ganz toll hier bei dir … «
»Ja, natürlich … was meinst du damit, Anabelle?«

»Ich meine, es ist toll, aber – weißt du, wir sind für dieses Leben nicht geschaffen. Ständig essen, schlafen, sich keine Gedanken über den nächsten Tag machen zu müssen, das klingt ja wunderbar. Aber wir sind dafür einfach nicht geschaffen.«

»Heißt das – ihr wollt gehen? Ich habe gedacht, ihr wollt immer bei mir bleiben?«

»Tja, Tralala, uns fällt die Decke auf den Kopf. Wir brauchen den Himmel über unseren Köpfen, Luft zum Atmen, wenn du verstehst … aber ich versprech's … wir sehen uns wieder, Ehrenwort. Oder glaubst du, wir würden ein Leben lang ohne dich auskommen? Aber lass uns heute Abend noch zusammen sein. Morgen ist ja auch früh genug. Wir werden dann morgen erst … «

»Ja, Tralala. Morgen zischen wir ab. Aber wir lassen von uns hören. Und, ich hoffe, es gibt dann auch das eine oder andere spannende Abenteuer von uns … Also, bis am Abend dann!«

Die Tür fiel zu und Tralala war wieder alleine. Tränen liefen ihr über die rosigen Backen. Noch nie zuvor hatte sie das Gefühl gehabt, dass sie Freundinnen fürs Leben gefunden hatte. Jetzt, endlich, hatte sie jemanden getroffen, von dem sie sicher war, verstanden zu werden. Aber, es macht plopp, es ist vorbei und die Welt ist eine andere. Obwohl – eines war ja wohl klar: Freundinnen würden sie immer bleiben. Egal, wo sie sich auch befinden würden. Sie würden sich immer nahe bleiben.

Schließlich kam der Abend. Prinzessin Tralala hatte sich wirklich etwas Besonderes ausgedacht. Ein großes Fest sollte es diesmal nicht geben, vielmehr eine ganz besondere Feier in vertrauter Runde – nur sie, der Maharadscha und die beiden waren dazu geladen, niemandem sonst wurde ein Wort davon verraten. Das heißt: fast niemandem. Als die vier friedlich beieinander saßen, trat ein kräftiger junger Mann zu ihnen und wandte sich nach der Begrüßung Anabel und Anabelle zu.

Aus einem grob gewirkten Sack zog er einen mit hunderten kleinen Kerben versehenen Stock hervor und begann murmelnd die beiden Elle für Elle abzumessen. Dann kritzelte er alle seine Aufzeichnungen in ein kleines Heft, um schließlich wieder genauso geheimnisvoll zu verschwinden, wie er gekommen war. Die Ratte und die Gans warfen Tralala fragende Blicke zu. »Ach, ist nur für ein kleines Geschenkchen. Gibt's aber erst morgen.«

So verschwendeten sie keinen weiteren Gedanken an das Ereignis, nahmen sich von den frischen Feigen, tranken süßen Tee und plauderten miteinander bis weit in die Nacht.

21. KAPITEL

Der Tag der Abreise war angebrochen. Anabelle hatte schlecht geschlafen – die Ungewissheit, in die sie wieder aufbrechen sollten, ließ ihr keine rechte Ruhe. Außerdem hatte sie die ganze Nacht ein Klopfen im Ohr gehabt, von dem sie auch nicht recht wusste, woher es kam. Zum Frühstück waren sie zu

Tralalas Tisch geladen, anstatt es wie sonst immer im Zimmer einzunehmen. Neben dem reich gedeckten Tisch war ein eigenartiges Gerüst aufgebaut, nicht allzu groß und mit weißen Leintüchern verhüllt.

Anabel spekulierte gleich, dass es mit ihnen zu tun haben könnte. Bevor sie noch fertig gegessen hatten, kam Tralala auf sie zu, gab jeder einen Zipfel des Tuches in die Hand und kommandierte im selben Ton, wie sie ihn von der Garde ihres Vaters her kannte: »Nehmt daaas Tuch! Zieeeeht – an!!«

Die beiden zogen an – und trauten ihren Augen kaum. Was sich unter diesem Leintuch befand und in eben dieser Sekunde ans Licht kam, war eine aus Ebenholz gehauene Statue, wunderschön gefertigt, zwar nicht bis ins kleinste Detail durchgearbeitet, aber ausdrucksstark und kraftvoll. Und sie zeigte – Anabel und Anabelle! Die beiden staunten gleichermaßen.

»Na, wie gefallen euch eure Holzebenbilder? Oder sollten wir sagen Ebenholzbilder?«, fragte Tralala.

»Ebenholzebenbilder, Holz eben«, brummte lustig der Maharadscha dazu.

Während die Hausgans noch immer verwundert die Figuren musterte, schwellte der Ratte die Brust. Sie war stolz.

»Gut getroffen, muss ich sagen. Das war also die Vermesserei gestern Abend ... ich habe eigentlich geglaubt, wir werden mit Kleidern ausgestattet!«

»Und ich weiß jetzt endlich, wo die ganze Nacht das Hämmern herkam. Ich dachte schon, bei mir klopft's.«

»Ein Präsent des Hauses. Wir haben sicherheitshalber gleich eine Kopie anfertigen lassen. Sie wird feinsäuberlich in Stein nachgearbeitet und am Stadtbrunnen aufgestellt. Damit ihr auch immer bei uns seid und euch niemand in der Stadt vergisst«, erklärte Maharadscha Puribam. Und auch Tralala war stolz – auf ihren Vater, und sie heftete ihm einen Frühstückskeks an die Brust, der wie ein großer Orden aussah, golden, aber etwas bröseliger.

Jetzt war es aber wirklich Zeit. Nach einer allerletzten ausufernden Verabschiedung holten sie ihr Bündel, schulterten die Holzfigur und erhobenen Hauptes zogen sie durch die winkende Menge hinaus, in das vor ihnen ausgebreitete Land, ihren schon vorausgeeilten Herzen nach.

Immer kleiner wurde der Burgberg hinter ihnen, was die beiden aber nicht bemerkten. Sie hatten, ohne es voneinander zu wissen, sich selber fest geschworen, sich nicht umzudrehen, um ja ihren festen Vorsatz nicht durch einen Augenblick der Unsicherheit zu gefährden und wieder zurückzukehren. Wieder waren sie in der steppigen Landschaft östlich des Indus, die sie ja bereits kannten. Kleine Dörfer säumten die Straße und Kinder balgten sich mit Hunden am Weg.

»Ich glaube, wir sollten unseren Weg wieder ein bisschen weg von den Menschen lenken. Auch wenn es schrecklich schnuckelige darunter gibt, im Großen brauche ich jetzt wieder etwas mehr von meinesgleichen, wenn du weißt, was ich meine … «, sagte die Hausgans.

»Ist in Ordnung, Anabelle, da geht's mir wie dir. Bei der nächsten Gelegenheit schlagen wir uns auf einen Trampelpfad. Auf diesen Straßen weiß man ja wirklich nicht, was einem passieren wird«, erwiderte Anabel. »Und diese Statue ist auch ganz schön schwer. So hübsch sie ist, wenn wir die jetzt um die halbe Welt schleppen müssen, dann wird sie mir gleich ein bisschen weniger sympathisch … obwohl sie ja doch sehr schön ist und ich sie nie und nimmer hergeben würde. Wenn die meine Freunde zu Hause sehen könnten. Die würden Augen machen.«

»Ja, Erik würde erst staunen.« Anabelle dachte an ihren kleinen Bruder. Er fehlte ihr schon sehr. Was er wohl gerade tat? Nachdem sie die Dörfer hinter sich gelassen hatten, tat sich ein weitläufiges Waldgebiet vor ihnen auf. Der Weg wurde enger und damit erübrigte sich die Suche nach einem schmalen, von Tieren ausgetretenen Pfad. So wanderten sie vorbei an kleinen Wasserstellen, an denen Büffel im hohen Gras lagerten, sahen weißen Kranichen in der Luft bei ihren Kunststücken zu, ließen sich die Sonne ins Gesicht scheinen und zogen, glücklich, wieder auf sich selbst gestellt zu sein, dahin. So kam es, dass es Abend wurde, der erste Abend, den sie wieder unter freiem Himmel zubringen sollten. Sie fanden einen großen, ausladenden Baum, bei dem sie ihr Lager aufschlugen. Es war ein Bodhi-Baum, von dem man sich in weitem Umkreis wunderbare Geschichte erzählte. Anabel und Anabelle wussten davon nichts, und sie schliefen wie die Murmeltiere. Ihre Statue hatten sie neben sich aufgestellt und niemand, von ein paar Flugfüchsen vielleicht abgesehen, sah, wie wunderschön das Mondlicht ihre Form modellierte.

Anabel war – natürlich – wieder als Erste wach. Sie konnte es gar nicht erwarten, wieder weiterzuziehen. Sanft rüttelte sie die Hausgans. »Anabellchen, Frühstück ist fertig.« Sie hatte bereits zwei saftige goldgelbe Mangos geholt und auf ihrem Frühstückstuch platziert.

Anabelle richtete sich kurz auf, sah die Ratte schräg aus ihren verschlafenen Augen an, ließ sich wieder nach hinten plumpsen, drehte sich um – und ließ Anabel zappeln, indem sie noch eine geschlagene Viertelstunde weiterschlief, bis sie der Hunger weckte.

»Sag, Anabel, wir gehen schon zum Meer, nicht? Wie weit wird's denn noch sein?« Die Ratte legte die Stirn in Falten.

»Hm, schwer abzuschätzen. Wir haben wohl noch ein Stück vor uns. Wir sollten uns auf den Weg machen. Die Mango hat geschmeckt?« Diese Frage war allerdings im Grunde bereits beantwortet. Nur die blanken Kerne der Früchte lagen glänzend vor ihnen. Und beide kamen stillschweigend und jede für sich zu dem Schluss, dass Mangos ab jetzt den unverrückbar obersten Platz auf der Spezifitätenskala einnehmen sollten.

Bald brachen sie auf und wanderten wieder weiter. Die Reise verlief ganz ohne Zwischenfälle, das heißt, fast ohne Zwischenfälle. Als Anabelle, ganz in Gedanken versunken, dahinschlenderte, stellte sich ein riesenhafter Drache in ihren Weg. Es war ein Waran, eine zweieinhalb Meter lange Rieseneidechse, der ebenso über diese weiße Gans erschrocken war, wie sie über ihn. Wie der Blitz sauste er ins Gebüsch.

Mit schlotternden Beinen und heftig klopfendem Herz beschloss Anabelle, doch wieder näher bei ihrer Freundin zu bleiben.

So gingen sie zwei Tage weiter, und die Landschaft veränderte sich. Alles wurde sozusagen südlicher, und irgendwie lag ein ganz besonderer Duft in der Luft. Anabelle reckte den Schnabel in die Höhe. »Du, irgendetwas juckt mich da. Hier riecht's doch ganz nach – Salz?« Auch Anabel schnupperte. »Na, wenn das nicht das Meer ist! Und da vorn auf dem Hügel stehen Segel!!«

Die beiden waren nicht mehr zu halten. Sie hasteten vorwärts, kullerten den Hügel hinab und liefen den nächsten hinauf, den, auf dem sie vorher ganz deutlich knallrote Segel im Wind wehen sahen. Oben angelangt, war von diesen keine Spur. Doch vor ihnen erstreckte sich eine weite Bucht mit einer ganz eigentümlichen Doppelinsel, und ein stolzes Schiff lag vor Anker. »Ist das nicht herrlich«, stammelte Anabel. »Ja, Anabel«, antwortete die Gans, »genauso hab ich mir das immer vorgestellt. Das nehmen wir uns jetzt einmal näher unter die Lupe.«

22. KAPITEL

Es war eine wirklich herrliche Bucht. Wie ein ausgedehnter Halbmond lag sie da, mit blütenweißem Sand, gesäumt von aufragenden saftiggrünen Kokospalmen, die reich mit Nüssen beladen waren. An ihrem südlichen Ende mündete sie in einen dicht bewachsenen kegeligen Gipfel, auf der anderen Seite wurde sie von großen kugeligen Steinblöcken begrenzt, auf denen sich erdbeerrote Krabben sonnten. Kaum unten angelangt, sahen sie, wie das Schiff, den Anker gelichtet, gerade wieder aufs offene Meer auslief.

»Na, mit neuen Bekanntschaften wird's hier doch nichts werden«, seufzte Anabel, während sie, mit ihrer Pfote die Augen vor der starken Sonne abschirmend, dem ziehenden Frachtensegler nachblickte. »Seltsam. Irgendwie habe ich genau das geträumt... Vorvorgestern, unter diesem komischen Baum«, murmelte Anabelle.

So stapften sie den Strand entlang, nachdenklich, aber doch glücklich. Der Sand knirschte unter ihren Beinen und Anabel erspähte gerade eine besonders schöne Muschel, als Anabelle sie anstupste. »Du, da vorn liegt etwas. Eine Kiste, oder so was, Strandgut jedenfalls. Lass uns nachsehen.«

Je näher sie kamen, umso deutlicher erkannten sie die Bruchstücke einer Frachtenkiste, doch das war nicht alles. Kleider waren um sie verstreut – wenn man von verstreut reden konnte. Denn eigentlich waren sie sorgfältig ausgebreitet, wie zum Trocknen aufgelegt. Eine Hose lag da, auf ihr eine Pfeife, und neben ihr ein blauer Pullover sowie eine Seefahrermütze. Und daneben schlief schnarchend –

»Frederik!!!«, riefen die beiden lauthals aus.

Anabel stürzte sich auf ihren lieben Freund und rüttelte ihn wie wild geworden: »Waaas um Himmels willen machst du denn da???!!!«

Frederik schlug seine Augen auf und starrte in die Gesichter der beiden, rieb sich die seinen, um diesen, wie er meinte, Traum zu vertreiben. Doch mehr und mehr erkannte er, dass da tatsächlich seine alten Freundinnen vor ihm standen. »Anabel... Anabelle... Wieso seid ihr plötzlich doppelt?«

»Ach, du Dussel, das ist doch nur eine Statue!«, kicherte Anabel. »Mein Lieber, wir haben einander viel zu erzählen!«

Frederik war noch immer etwas verwirrt, aber er grinste über das ganze Gesicht und schließlich drückte er beiden einen dicken Kuss auf ihre Wangen. »So eine Freude! So ein Zufall! Nein – das ist – Bestimmung!« So kam es, dass die drei sich wiederfanden. Frederik erzählte, wie ein Schiffsjunge seine Kiste als Rattenreisekiste erkannt hatte und dem Kapitän Meldung machte. Dieser statuierte an ihm ein Exempel, wie er es nannte. Mit anderen Worten: Er ließ Frederik mitsamt seinem vertrauten Heim über Bord werfen. »Menschen…«, schnaubte Frederik. »Ich weiß«, pflichtete Anabel ihm bei, »es gibt solche und solche… Aber eigentlich sollten wir ihnen sogar dankbar sein. Denn ohne diesen Zwischenfall hätten wir uns doch niemals wiedergesehen.« Womit sie ziemlich Recht hatte. Frederik kam bei den Erzählungen der beiden aus dem Staunen gar nicht mehr heraus. Neben all diesen Abenteuern schienen sich seine Reisen wie bloße Ausflüge auszunehmen. »Ich bin beeindruckt, meine Lieben. Schön, euch wiederzuhaben.«

»Ja. Ich glaube – wir bleiben hier«, meinte Anabel.

»Und wir bauen uns schicke Häuschen«, fuhr Frederik fort.

»Und wir frühstücken jeden Tag bis Sonnenuntergang«, schloss Anabelle.

Sie kringelten sich vor Kichern im weißen Sand und das Meer klatschte vor Begeisterung ans Ufer.

EPILOG

Was aus den dreien geworden ist? Nun, die Doppelinsel stellte sich, nachdem sie diese mit einem Floß erkundet hatten (und beim Floßbau kannten sie sich ja mittlerweile aus), als perfektes Domizil für unsere drei Freunde heraus.

Anabelle entschied sich für die größere der beiden Inseln und baute darauf mit Hilfe der beiden Ratten eine wunderschöne Villa mit Frühstücksterrasse, in Richtung Sonnenuntergang, versteht sich.

Fredrik hingegen zimmerte sich am Strand eine Hütte und zog ein kleines Geschäft auf. Er vermietete Paddelboote an urlaubende Landratten.

Anabel half ihm dabei gerne als Fremdenführerin – und wohnte auf der kleineren Insel, gleich gegenüber von Anabelle.

Auf der Landbrücke zwischen den beiden Inseln stellten sie ihre Statue auf. Bei Ebbe stand sie frei, wenn die Flut kam, ragten nur mehr die beiden Köpfe aus dem Wasser.

Was den beiden als überaus passender Vergleich erschien. Denn eines hatten sie auf ihrer Reise gelernt: Wenn einem das Wasser auch manchmal bis zum Hals steht – so taucht man doch jedes Mal wieder auf.

publication PN°1
Bibliothek der Provinz

Verlag *für Literatur, Kunst und Musikalien*